讲好中国故事 传承中国智慧

——杨朝明

韩品玉 张金霞 主编

中国经典故事 下

山东城市出版传媒集团·济南出版社

图书在版编目（CIP）数据

中国经典故事：全3册/韩品玉，张金霞主编. ——济南：济南出版社，2017.5

ISBN 978 – 7 – 5488 – 2532 – 6

Ⅰ.①中… Ⅱ.①韩…②张… Ⅲ.①民间故事 – 作品集 – 中国 Ⅳ.①I277.3

中国版本图书馆 CIP 数据核字（2017）第 084502 号

出 版 人	崔　刚
丛书策划	冀瑞雪
责任编辑	冀瑞雪
	李廷婷
装帧设计	张　倩

出版发行	济南出版社（250002）
地　　址	济南市二环南路 1 号
电　　话	0531 – 86131747（编辑室）
	86131747　82772895　86131729　86131728（发行部）
印　　刷	日照昆城印业有限公司
版　　次	2017 年 5 月第 1 版
印　　次	2017 年 5 月第 1 次印刷
开　　本	160mm×220mm　16 开
印　　张	31.5
字　　数	300 千字
印　　数	1 – 8000 册
定　　价	98.00 元（全三册）

编委会

目 录

1. 苏洵焚稿

宋代有个人叫苏洵，年少时对学习很不上心，只知道贪玩。当看到自己的兄长都科考成功时，他内心受到很大的触动。

新一年的科举考试又要开始了。眼见其他人都发奋向学，苏洵心中久久不能平静，似乎涌动着一个声音："不能再浪费时间了，我也要努力学习，考中功名。"从此，他谢绝一切来往，在家闭门苦读。不料，考完发榜，他榜上无名。

苏洵懊恼了好些天："为什么会失败呢？我也刻苦学习了呀！"他百思不得其解。

一天，他翻出以前写的文章，反复阅读，竟然没有一篇令自己满意。这时，他觉得自己找到了落榜的原因："这种文章，我自己都不满意，又怎能让考官满意呢？"

凝视着手中的文稿，苏洵暗暗发誓："我必须告别过去，沉下心来，勤学苦读，这样才能写出惊世文章！"

想到这，他找来一个炭火盆，把数百篇文稿都投了进去，点火焚烧。苏洵望着徐徐升腾的纸灰，心中的懊恼仿佛也随之消散在天空，而从头再来的决心则越来越坚定。

又经过数年的刻苦攻读，苏洵终于精通百家之学，文章创作更加炉火纯青。当时的文坛领袖欧阳修读到他的文章，赞叹不已。从此，苏洵文名大噪，成为中国文学史上著名的"唐宋散文八大家"之一。

——出自《宋史·苏洵传》

2. 圆木警枕

司马光小时候爱睡懒觉，小伙伴们总拿他打趣，笑话他："司马光，大懒虫，日上三竿睡蒙眬！"

司马光觉得很丢脸，暗下决心："我一定要早起，让你们瞧瞧！"

当天晚上，他想出了一个主意，多喝水让尿憋醒。可是，第二天当他醒来时，发现自己尿床了。这个法子最终宣告失败。整整一天，司马光都闷闷不乐。

又过了一天，司马光兴致勃勃地把自己的枕头拿掉，换上了一块圆木头。家人很不解，问他要干什么。司马光跟大家打了个哑谜，抿嘴儿一笑，跑掉了。

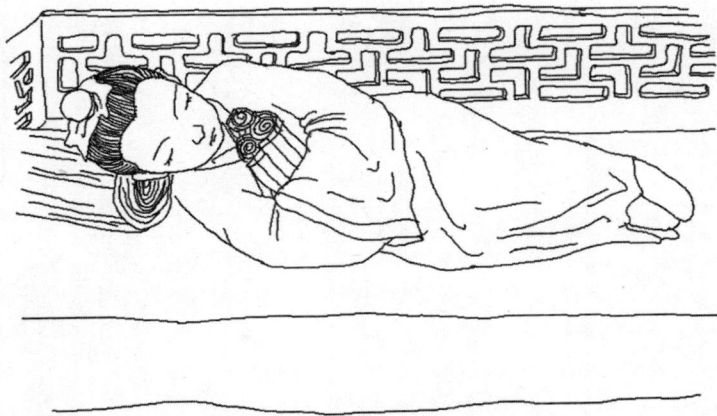

此后，连续好几天，司马光都起得比别人早。大家更觉得奇怪，再次追问。这时，他自信满满地说："这都是那块圆木头的功劳！"

原来，司马光每天枕着圆木睡觉，早上一翻身，那木头就滚跑了，他的头"砰"的一下碰到床板，马上就"警"醒了。为此，他还专门给圆木取了个名字，叫"警枕"。

司马光就是靠这样的方法，不断磨砺自己的意志，不仅摘掉了"大懒虫"的帽子，还养成了早起的好习惯。

——出自《司马温公布衾铭记》

3. 沈括自立求索

沈括是北宋时著名的科学家，他自小天资聪敏，喜欢独立思考。

一次，沈括在书房里读书。当读到白居易的诗"人间四月芳菲尽，山寺桃花始盛开"时，他皱起了眉头，脑袋里蹦出个疑问："四月份，山下的桃花都开败了，为什么山上寺庙里的桃花才刚开呢？"

沈括问了好多人，还查了书，都没有找到答案。他想了又想，突然，一拍脑壳："现在不就是四月吗，我为什么不到山上去看看呢？"想到这，他迫不及待地跑去山上，一探究竟。

沈括气喘嘘嘘地爬呀爬，越往上越觉得凉飕飕的。到了山顶，

望着一树树初开的粉红桃花，闻着空气中飘来的淡淡香气，他抑制不住内心的喜悦，飞快地跑到桃树下。沈括使劲地盯着桃花看，心中不住地问："桃花啊桃花，你们怎么刚长出来呢？"他看完这棵，又看那棵；一会儿摇摇树枝，一会儿摸摸花朵。

观察了好久，沈括还是没有找到答案。这时，一阵冷风吹过，花枝摇曳。"怎么这里这么冷啊！"他忍不住打了个冷颤。突然，他两眼放光，高兴地蹦了起来："哈哈，我找到答案啦！原来，山上地势高，温度比山下低，花季才来得晚呀！"

从此，只要遇到不懂的问题，沈括就亲自去探索。正是凭着这种自立求索的精神，他写出了科学名著《梦溪笔谈》，并享誉海内外。

——出自《梦溪笔谈·药议》

4. 岳飞学武

北宋末年，岳飞目睹了金兵烧杀抢掠、百姓流离失所的惨状，他激愤难平，暗下决心：我一定要学好武艺，精忠报国！

于是，岳飞拜当时的武术名家周侗为师。周侗从不轻易收徒，因此，岳飞非常珍惜这个机会。每天，他和师兄们天不亮就起床，跑到远处的山坡上练习剑术。岳飞每次都最早起床，最先到达。

一天，天黑压压的，暴风雨就要来了。大家早早结束练习，争相往家里跑。回到家，师父查点了人数，唯独缺了岳飞，他焦急地说："岳飞肯定还在那个山坡上呢，你们快去那儿看看。"

大家急匆匆地往山坡跑去。突然有人大喊："快看，他真的在那儿！"只见岳飞只身一人，用树枝当剑，一遍又一遍地练习着刚跟师父学习的剑法，地上散落着一些折断的枝条。

"岳飞，岳飞……要下雨了，赶紧回家吧……"同伴们大喊。

岳飞依然"嗖嗖嗖"地比画着，丝毫没有听到有人在喊他。直到大家跑到他身边，他才猛地反应过来。

回到家，师父心疼地责备说："岳飞，天气这么恶劣，你不要命了！"岳飞回答："师父，金兵在我大宋为非作歹，多少百姓都无辜地惨死，比起这些，天气差又算得了什么！"

师父听完，赞许地拍着岳飞的肩膀说："飞儿，好样的！师父支持你！不过，也得爱惜自己的身体啊！"岳飞使劲地点点头，眼神更加坚毅。

功夫不负有心人，岳飞练就了一身好武艺。在抗击金兵的战争中，他率领岳家军，骁勇杀敌，屡立战功，成为一代名将。

——出自《宋史·岳飞传》

5. 李时珍龙峰探蛇

李时珍是明代著名的医学家。一天，他阅读医书时，觉得书里对蕲（qí）蛇的记载不够准确，有些还自相矛盾，于是他当即决定：亲自到蕲蛇出没的龙峰山上看看！

老山民听说他要找蕲蛇，忙劝阻说："年轻人，你不要命了！蕲蛇有剧毒，本地好些人都被它咬死了。"李时珍听后没有退缩，反而笑着说："我会小心的。"

　　他找到了捕蛇人，请他带自己去捕蕲蛇。捕蛇人坚决拒绝："我不去！蕲蛇又叫五步蛇，被它咬到，不出五步，必死无疑！"李时珍不甘心，一遍遍地请求。捕蛇人见他心诚，只好带他上了山。

　　在捕蛇人的帮助下，李时珍很快找到了一条蕲蛇，它正缠绕在树枝上捕鸟。只见它背部呈黑褐色，头部和腹部有白色斑点，三角形的蛇头微微向前探着，蛇信子一进一吐，非常吓人。突然，它张开大口，以闪电般的速度，把鸟吞进了嘴里，因蛇的速度太快，李时珍都没有完全看清楚。

　　等蛇爬下树，捕蛇人悄悄绕到蛇身后，瞅准时机，一把用木杈捉住了它。第一次近距离看到蕲蛇，李时珍满心欢喜，禁不住摸了一下它的尾巴。不成想，那蛇突然掉转过头，差点咬到李时珍，好在有惊无险。

　　李时珍小心翼翼地解剖蕲蛇，仔仔细细地观察它的五脏六腑，一一记录下来，并修正了医书对蕲蛇的错误记载。通过亲自探索求证，李时珍准确修正了古代医书中的错误内容。后来，他用了三十年时间，不断翻阅资料，实地考察，三改书稿，终于写成《本草纲目》。这部书被后世赞誉为"东方医药巨典"。

——出自《蕲蛇传》

6. 谈迁重写《国榷》

　　《国榷（què）》是明代历史的实录，在史学界享有盛誉。可大部分人都不知道，现在所见的《国榷》竟是重写本。《国榷》的作者叫谈迁，他二十七岁时着手写作明史，改了六遍书稿，终于在五十三岁写成，取名《国榷》。成书当天，谈迁心里乐开了花。他找来一只旧箱子，小心翼翼地把书稿锁进箱子里，放在自己的床头。

不料，有人早就盯上了这部书稿，当天晚上就派人去偷。小偷摸进谈迁家里，四面破墙，转了一圈也没发现要找的东西。突然，他看到了那个箱子，心里一阵惊喜，心想："一定在那箱子里面！"于是，小偷蹑手蹑脚地扛走了那个箱子。谈迁睡得很沉，一点儿也没察觉。

书稿被盗，谈迁沮丧到了极点，不停地叹气。痛定思痛，他振作起来，暗暗发誓："只要我的手还在，我就不会停止书写，我要重写一部《国榷》！"于是，谈迁背上纸笔、雨具、干粮，挂着拐棍儿，重新到全国各地的藏书家那里抄书阅读。这还不够，他又亲自去拜访明朝的遗民，重新整理可靠的历史资料。当昏花的老眼看字模糊时，他就使劲地揉揉眼睛，待好些了，接着查看整理资料。

就这样，又过了四年，年近花甲的谈迁完成重写本，写出了一部质量更为上乘的《国榷》。

——出自《清史稿·谈迁传》

7. 阎若璩烧书

清代的阎若璩（qú）自小口吃，反应迟钝，一篇文章读上几十遍，也背不下来。同学经常嘲笑他："小笨蛋，小结巴，别费力气啦！"每当这时，阎若璩都憋得满脸通红。

这天，同学又挖苦他。他终于受不了了，不服气地想："结巴又怎么了，只要我努力，就一定能学好！"

傍晚，母亲回到家，见儿子放学还没回来，就到学校寻找。远

远的，她看见儿子坐在学校门口，忙走过去问："璩儿，放学怎么还不回家呀？"阎若璩头也没抬："我的课文还没背完呢。"母亲说："回家再背吧。"阎若璩摇摇头："不，背完我再回家！"母亲就等他背完，一同回家。

刚回到家，阎若璩立即钻到书房里。过了会儿，母亲去叫他吃饭，发现他正在炭火盆边烧书，桌上的书本被拆得七零八落。

母亲很奇怪，走到儿子身旁问："璩儿，好端端的书为什么烧掉呢？"阎若璩回答："我已经背熟了。"

"为什么背熟就要烧了呀？"母亲更加疑惑。

阎若璩站起身，走到书桌旁，摸着桌上散落的纸页，说："别人笑话我背不过书，我不服气，所以把书拆开，一页一页地背。等我背得滚瓜烂熟，一生都不会忘记，就把这页烧掉。"

母亲恍然大悟，眼睛有些湿润，把儿子紧紧搂在怀里。

阎若璩就像龟兔赛跑中的乌龟一样，以勤补拙。终于，他经过刻苦努力，学贯古今，博通经史，尤其精通地理，长于考证，成为明末清初著名的大学问家。

——出自《清稗类钞·异禀类》

8. 林则徐对联励志

林则徐小时候，天资聪颖，领悟力强，读书进步也很快。不论刮风下雨，他都跟随做私塾先生的父亲到学堂念书。

春季的一天，阳光明媚，鸟语花香，父亲带着学生们到鼓山踏青。林则徐非常高兴，一大早就穿戴整齐，跟着父亲出了门。

路上，学生们欢歌笑语，一会儿采狗尾草，一会儿蹦蹦跳跳地追蝴蝶，玩得不亦乐乎。没过多久，他们就爬到了山顶。

父亲把学生们叫到跟前，说："古人登山作诗，咱们今天登山对对联，好不好？"

"好啊，好啊!"学生们纷纷拍手赞同。

看着兴致高昂的学生们，父亲高兴地说："大家就以'山''海'二字来对吧。"

学生们个个儿神情专注，积极思考，谁也不想落后。不一会儿，你一言我一语，开始了对联大比拼。最后轮到林则徐，父亲说："则徐，该你了。"

林则徐望了一眼大海，又环顾了一下四周的景色，胸有成竹地说："海到无边天作岸，山登绝顶我为峰。"

父亲非常惊奇，连声赞叹："对得好! 对得好……不仅有底气，还很有志气! 希望你能如对联所说，以苦作舟，勤奋学习，登上成功的高峰!"

后来，林则徐果然不负所望，官至两广总督，领导禁烟运动，成为民族英雄。

——改编自民间故事

9. 戴震吃墨

　　清代时，戴震六次进京赶考，都没考中。他愤愤不平，心想："三百六十行，行行出状元。我潜心做学问，一定能做出一番成就！"

　　一天深夜，戴震裹着棉衣，在书房里读书写字。门外雪花纷飞，月光寒照，凉气不时地从门缝里钻进来，直冻得他不断地搓手哈气。虽然他冻得两腮通红，双手连毛笔都快握不住了，但他依然一会儿抬头凝神深思，一会儿低头奋笔疾书。

妻子朱氏悄悄地推开房门，拿了一些粽糖和一小碟酱汁，轻轻放在书桌上，说："冬夜夜长，容易饿，用粽糖蘸着酱汁填一下肚子吧。"戴震正埋头书写，头都没抬一下，随口应了句："好。放桌上吧！"

过了会儿，戴震的肚子饿得"咕咕"叫，他右手握书，两眼紧紧地盯着纸页，左手随便摸了块粽糖，顺手一蘸，就塞到嘴里吃了起来。

正巧，妻子来收拾碗筷。刚进门，瞅了戴震一眼，"扑哧"一声笑了出来。戴震感到莫名其妙。妻子捂着嘴，强忍住笑意，指着戴震的嘴说："你就知道读书，现在不吃饭，改吃墨了？"

戴震一抹嘴唇，手上黑乎乎的一片，自己也忍不住笑了起来："原来粽糖蘸的不是酱汁，而是墨汁呀！"

戴震没有其他嗜好，只喜欢读书。他凭着这股不达目的不罢休的韧劲与刻苦研读的毅力，在语言文字学、哲学、数学等领域成就卓著，被皇帝钦点，成为《四库全书》的编纂官。

——出自《戴东原先生轶事》

10. 祖莹偷读

北齐时候，有个叫祖莹的孩子，他聪敏好学，八岁就能背诵《诗经》《尚书》等书籍，人们都称他"小神童"。

祖莹痴迷于读书，经常不分昼夜地苦读。父母觉得他年幼体弱，怕他读书太过用功，累坏了身体，就限制他读书的时间，规定白天读书，晚上休息。

祖莹是个孝顺的孩子，他不忍心让父母为自己的健康担忧。到

了晚上，只得老老实实地睡觉，但又实在舍不得放下书本。就这样煎熬了几个晚上之后，祖莹心生一计。

这天晚上，祖莹假装早早地躺下休息，支走了小书童。等确认父母已经安睡之后，他便悄悄地从床上爬起来，用床单把窗户遮住，取出藏在炉子里的火种，点燃灯火，如痴如醉地阅读起来。他怕父母听见动静，连翻书的动作都很轻很轻，读到精彩之处，只能在心中默默赞叹。经过不懈的努力，祖莹终于成为太学博士，受到皇帝的重用。

——出自《北史·祖莹传》

11. 牛角挂书

隋末唐初，有个叫李密的少年，非常好学。

有一次，李密准备去拜访老师。出发前，他在黄牛背上铺了一个蒲草垫子，把书本装进布袋，挂在牛角上，就骑着黄牛出了门。

大黄牛缓缓地朝前走，而李密想起书中精彩的语句，禁不住从布袋中拿出书，津津有味地读了起来。

这时，越国公杨素正骑着快马赶路。他见一个少年在牛背上读书，不由得大声称赞："如此勤奋好学的年轻人，真是难得啊！"

李密吓了一跳，回过头来，看到杨素正冲自己笑。杨素的随从告诉李密，这就是越国公！李密赶紧把书放回布袋里，恭敬地向越国公行礼。

一老一少在路上边走边交谈。杨素问："你刚才读的什么书？"李密回答："我读的是《汉书·项羽传》。"杨素觉得李密与众不同，将来一定会大有作为。

果然，李密后来成为隋末农民起义瓦岗军的首领。

——出自《新唐书·李密传》

12. 柿叶习书

唐代有个叫郑虔的年轻人，学习特别刻苦，尤其喜欢书法。由于家境清贫，他买不起练习书法的纸张，经常为此发愁。

一天，郑虔到慈恩寺游玩，无意中发现寺里贮存了好几屋子柿叶。原来，寺里种了很多柿子树，每年秋天，大片大片的柿叶纷纷飘落，和尚们就把树叶收集起来当柴火用。年复一年，就积攒了好几屋子。

看着这些宽大平整的干柿叶，郑虔心想："要是能用这些叶子来写字该多好啊！"征得寺里的和尚同意之后，郑虔直接在寺里住下来，每天都用柿叶练习书法。尽管柿叶很多，郑虔还是很珍惜，写完正面写反面。日复一日，如痴如醉。没过几年，满满几屋子的柿叶，竟然都被郑虔用遍了！

功夫不负有心人，郑虔刻苦练习书法，终于成为当时著名的书法家。人们称赞他的书法为"疾风送云，收霞推月"。

——出自《新唐书·郑虔传》

13. 怀素书蕉

唐代有个很著名的和尚，法号怀素。他自小热爱书法，但家境贫寒，买不起练字的纸张，因此感到很苦恼。

这天，怀素用漆板练字，但漆板的吸水性太差，书写效果很不理想。怀素有些郁闷，便放下笔，到后院去散散心。后院种了几株芭蕉树，风一吹，芭蕉叶就随风摇摆。看着芭蕉宽宽大大的叶子，怀素灵机一动，有了主意。他兴奋地跑到芭蕉树下，摘下几片芭蕉叶，展平晾干，试着写了几个字，比漆板好用多了！

　　从此以后，怀素每天都用芭蕉叶练字。为了能有更多的芭蕉叶练习书法，他每年都会在院子里多种一些芭蕉树，并细心地照料它们。据说，怀素种的芭蕉树总共有一万多棵，他还给自己种满芭蕉树的住处取了个好听的名字，叫"绿天庵"。他把写秃的笔堆积起来，埋在山下，叫"笔冢"。

　　经过多年坚持不懈地练习，怀素终于成为一代书法大家，他写的草书尤其受到人们的喜爱。

——出自《僧怀素传》

14. 铁棒磨成针

李白小时候在学堂读书，他觉得读书很枯燥，经常趁着先生不注意，扔下书本，偷偷地溜出去玩耍。

一天，小李白在路上游荡，却没碰到一个小伙伴，因为大家都在读书、干活，没时间陪他玩，他感到有些沮丧。

小李白走到河边，看见有位老奶奶在磨一根铁棒，便走上前去，好奇地问："老奶奶，您磨铁棒做什么呢？"老奶奶看了看小李白，笑着说："我要把它磨成绣花针啊！"

小李白叹了口气，替老奶奶发愁地说："这么粗的铁棒，什么时候才能磨成一根绣花针啊？"

听了小李白的话，老奶奶笑着说："只要功夫深，铁棒磨成针。"说完，她又"刷刷"地磨了起来。

小李白听了老奶奶的话，内心很受启发。想到自己上课不好好读书，却跑出来玩耍，忙跟老奶奶道别，回去读书了。

后来，经过不懈地努力，李白成为唐代著名的大诗人，被人们称为"诗仙"。

——出自《潜确类书》

15. 柳公权戒骄学书

柳公权小时候，字写得很好，经常受到老师的称赞。渐渐地，他有些骄傲，觉得自己已经很了不起了。

一天，小柳公权和伙伴们在街边的石桌上，学着大人的样子举行"书会"。小柳公权最早写完，得意地举着自己的字帖，想得到别人的夸奖。

这时候，一个卖豆腐的老伯走过来，看了一眼小柳公权手中的字帖，只见"会写龙凤家，敢在人前夸"十个大字赫然其上。

老伯不禁摇摇头，放下豆腐挑子，对小柳公权说："孩子，你这字软塌塌的，和我挑子里的豆腐没什么两样，还敢在人前夸耀？华原城里有个人，用脚都比你写得好呢！"

小柳公权听了，很不服气，第二天一大早就赶到了华原城。

果然，小柳公权在街上见到了一个无臂老人。只见老人用左脚压住宣纸，右脚夹住毛笔，正在龙飞凤舞地写字，笔力苍劲，大气磅礴，围观的人们纷纷叫好。小柳公权想起自己骄傲自满，很是惭愧。他诚恳地对无臂老人说："老爷爷，我想拜您为师，跟您学习书法。"

无臂老人看了看小柳公权，沉思片刻，用脚在宣纸上写了几个字，交给柳公权，说："这是我写字的秘诀。我用脚写字已经五十个年头了，可是'天外有天，人外有人'，我还需要继续练习。"小柳公权恭敬地谢过老人，带着秘诀回家了。

回到家，小柳公权将老人赠予的秘诀贴在书桌上："写尽八缸水，砚染涝池黑。博取百家长，始得龙凤飞。"小柳公权以此自勉，刻苦练习，终于成为一位著名的书法大家。他的书法和颜真卿的书法被世人并称为"颜筋柳骨"。

——改编自民间故事

16. 欧阳修铺沙识字

欧阳修四岁的时候，父亲就去世了。他和母亲相依为命，过着清苦的生活。

因为家里穷，上不起学，小欧阳修就跟着母亲学写字。没有钱买纸和笔，母亲就取来一些沙子，在院子里铺成簸箕大小的一块地方，拿芦苇秆当笔，教欧阳修写字。用芦苇秆在沙盘上写的字并不清晰，小欧阳修却写得很认真。

一天，母亲生病了。小欧阳修侍奉母亲卧床休息，自己则在床

前铺了一个沙盘，写起字来。母亲问他："你在写什么呢?"小欧阳修抬起头，认真地回答："我在写您这半年来教我的字。"母亲见小欧阳修如此好学，写的字端正有力，一丝不差，十分欣慰。

经过不断地艰苦练习，欧阳修认识了很多字，也练就了不凡的记忆力。

后来，欧阳修勤奋读书，考中了进士，做了大官。他的著作《醉翁亭记》被千古流传。他也因为文学成就突出，成为北宋著名的文坛领袖，是"唐宋散文八大家"之一，也是"千古文章四大家"之一。

——出自《泷冈阡表》

17. 文彦博灌水浮球

文彦博是北宋著名的政治家，从小就聪慧过人。

一天，文彦博和几个小伙伴在草地上踢球，大家你踢一脚，我踢一脚，玩得很开心。

突然，一个孩子用力踢了一脚，球一下子飞得很高。

等球落下来时，孩子们都傻眼了，球掉进了地上一个枯树洞里。小伙伴们围了上来，见球在树洞的底部，只能看到一点点儿。怎么才能把球弄上来呢？小伙伴们着急地想着办法。

一个小朋友急切地卷起袖子，趴在洞口伸手往里摸索，但是树洞太深，根本够不着。

另一个小朋友拿来一根长竹竿，想把球拨上来，但是球圆溜溜的，怎么也拨不上来。

这时，文彦博大喊一声："我有办法了！"他和小伙伴们一起找来水桶，到河边提水，然后一桶又一桶地往树洞里灌。树洞里的水渐渐多起来，皮球也就慢慢浮了上来。

球取出来后，大家又开心地踢了起来。

——出自《邵氏闻见录》

18. 王冕好学

元朝末年，有个人叫王冕。他小时候非常爱学习，但因为家里很穷，上不起学，只好在家里帮着干活。

一天，王冕正在地里放牛，突然，不远处传来一阵琅琅的读书声。王冕很想去听课，就把牛拴在一棵树上，偷偷地跑到学堂听学生们念书。他边听边在心里默记，一遍又一遍……慢慢地，王冕就把放牛的事忘到了脑后。

傍晚时候，学堂放学了。王冕一边往家走，一边背诵从学堂里听到的内容，进了家门，还念念有词。

父亲见他只身一人回家，忙问："牛呢？"

王冕愣了一下，一拍脑门，赶紧向门外跑去。刚出门，邻居就找上门来。原来，王冕偷跑去学堂之后，牛挣开了绳子，跑进了邻居家的田里，弄坏了庄稼。

父亲勃然大怒，狠狠地打了王冕一顿。虽然挨了打，但是第二天放牛的时候，王冕依旧把牛拴在树上，又偷偷跑到了学堂……

母亲见他这样爱学习，就和他父亲商量："这孩子读书这么入迷，何不由着他呢？"于是，王冕就在父母的支持下，离家求学。

正是凭着这股痴迷读书的劲儿，王冕取得了很大的成就，成为闻名天下的诗人和画家！

——出自《宋学士文集》

19. 康熙擒鳌拜

康熙刚刚登上皇帝宝座的时候，只是一个八岁的孩子，他把国家大事都交给四位辅政大臣处理。

辅政大臣中有一个名叫鳌拜的人，此人膀大腰圆，体格健壮，又仗着自己掌握兵权，逐渐变得飞扬跋扈，目中无人。有一次，他竟然在朝堂上撸起袖子，攥着拳头，对着康熙大吵大叫起来。

康熙十分生气，但想到鳌拜势力很大，自己"小不忍则乱大谋"，只好暂时妥协。不过，他暗下决心要铲除鳌拜。

后来，康熙挑选了一批十几岁的少年当自己的贴身侍卫，并且

天天和他们练习摔跤。鳌拜见了，十分不屑，心想：一群乳臭未干的小毛孩练摔跤，真是瞎折腾！

一天，小康熙召鳌拜进宫，商议国事。鳌拜像往常一样，大摇大摆地进宫了，刚跨进内宫的门槛，就被忽然拥上来的一群少年围住了。还没等鳌拜缓过神来，少年们就有的拽胳膊，有的抱大腿，把鳌拜打倒在地上，然后捆绑了起来。鳌拜正要喊冤，只见康熙皇帝威严地站在面前，才知道自己上了当。

康熙机智勇敢地铲除了鳌拜这个专横的大臣，朝廷上下都很高兴，更加敬佩这个年少的小皇帝了。

自此以后，康熙按照自己的治国理念，励精图治，开创了"康熙盛世"！

——出自《清史稿·鳌拜传》

20. 崔枢还珠

唐代有个叫崔枢的人，参加进士考试的时候，结识了一位南方商人，两人一起住了半年，感情十分深厚。

没想到，商人突然得了重病。尽管有崔枢悉心照顾，但由于病情过重，无法医治，商人即将离世。临死前，商人对崔枢说："我的病治不好了，我希望死后，你能按照我家乡的习俗，把我土葬！"崔枢含泪答应了。

商人接着说："你这样真心实意地待我，我非常感激。这有一颗宝珠，请你收下，就当我报答你的恩情。"崔枢急忙推辞，但商人执

意将宝珠相赠，他只好先接受了。

商人死后，崔枢心想：我是一介书生，有官府供给衣食，生活无忧，我不能接受这么贵重的东西！于是，他趁着没人的时候，将宝珠放到商人的棺材里，与商人的遗体一同下葬。

一年后，崔枢到亳州谋生。这时，商人的妻子正在寻找亡夫和宝珠，她打听到丈夫去世前和崔枢在一起，就认定是崔枢私藏了宝珠，便把他告到了官府。官府立即派人到亳州捉拿崔枢。

在公堂上，崔枢解释了事情的原委，并说："如果墓没有被盗的话，宝珠一定还在棺材里。"官府派人挖开墓地，开棺检查，发现宝珠果然在里面。人们都对崔枢诚信不贪的品质敬佩不已。

——出自《唐语林》

21. 陆元方卖宅

唐代时，有个大臣叫陆元方。他在洛阳城建了一座宅院，院内环境清幽，景色宜人。后来，因家中急需用钱，他就打算将这座宅院卖掉。

听到这个消息，很多买家慕名而来，争相购买。最后，有个商人愿出高价买下院子。

签署契约前，陆元方认真地对商人说："有件事我得先告诉您，

这座宅子什么都好，就是没有出水的地方。"听到这话，陆元方的儿子急了，暗地里拽了一下父亲的衣袖。

商人知道这个情况后，抱歉地说："如果排水不好，生活会很不方便，这样我就不能买了。"

商人一走，陆元方的儿子气得又蹦又跳，大声埋怨父亲："您这是干什么啊？好好的一桩买卖，让您给搅和了！"

陆元方没有反驳，而是严肃地说："如果我不提前说，就是欺骗他！我们怎么能为了钱而失去诚信呢？"

——出自《封氏闻见记》

22. 仲庭预归还金筷

五代十国时期，后蜀有个读书人叫仲庭预，家境贫穷。当地的王爷——嘉王听说他熟读经史，就请他教儿子读书。

冬天天气寒冷，嘉王派人给仲庭预送去一个旧火炉，供他取暖。仲庭预望着火炉里满满的炉灰，心里感慨：这个炉子看来已经闲置好久了。然后一边叹息，一边清理炉灰。突然，他感觉碰到两个硬硬的东西，拨出来一看，竟然是一双黄金做的火筷子！

看着这双金火筷，仲庭预愣了一会儿。等回过神儿来，他立刻

拿着金火筷去求见嘉王。

嘉王听管家说仲庭预求见，不耐烦地说："他来干什么，不是给他送了个炉子吗，是不是还想添件衣服？告诉他，衣服过两天给他，让他走吧！"

听了管家的回话后，仲庭预并没有生气。他对管家说："我不是这个意思，我有其他事情要见嘉王。"

于是嘉王接见了他。仲庭预把金火筷呈了上去，并说明自己找到金火筷的始末。

嘉王仔细端详着金火筷，高兴地说："没错，就是这双，丢失有十年了，没想到，今天竟被你找到了！更让我没想到的是，你能拿来还给我！这种行为，真是大家学习的典范啊！"

随后，嘉王赏给仲庭预十万文钱，三十石米麦，把他奉为上宾，后来更推荐他做了官。

——出自《太平广记·廉俭》

23. 晏殊应考

晏殊从小聪明好学，文采出众。皇帝很欣赏他的才华，破格让他参加进士考试。

初试的时候，晏殊自信满满，很快就做完交卷了。皇帝拿过考卷一看，卷面整洁，字迹清秀，文理俱佳。皇帝非常高兴，特许他享受进士待遇。

两天后，晏殊和其他通过初试的进士一块加试。拿到试题后，晏殊向主考官报告说："考官大人，这道题我曾经做过，我请求换一道！"

主考官不敢擅自做主，就上报给皇帝。皇帝非常好奇，问晏殊："一般人遇到这种情况，可是求之不得啊！你怎么会提出这种要求呢？"

晏殊回答："陛下，对我来说，这是投机取巧。做这样的题，既是欺骗自己，也是欺骗陛下。即使能通过考试，我也会为自己的不诚实而感到羞愧！"

听完晏殊的话，皇帝不仅佩服晏殊的才学，更欣赏晏殊诚实的品行。他立刻命人为晏殊换了题目。最终晏殊还是不负众望，依然考出了好成绩。

——出自《宋史·晏殊传》

24. 查道吃枣留钱

宋代有个官员叫查道。一次，他带着随从下乡检查工作，走到一处偏僻的地方，两人饿得肚子"咕咕"叫。可这里前不着村，后不着店，查道无奈地对随从说："说不定前方就有吃饭的地儿，先忍忍吧。"

走着走着，路旁的一棵枣树，赫然映入眼帘！枣树长势茂盛，枝上挂满了又大又红的枣子，真让人垂涎三尺。

见到枣子，随从飞快地跑到树下，一通乱摘。摘完枣子，他一

边狼吞虎咽地吃着，一边把枣子给查道送过去。看着这诱人的大枣，查道也无所顾忌了，大口地吃起来。

吃饱后，随从打着饱嗝，看到查道把一串钱挂到了枣树枝上。他奇怪地问："您这是干什么啊？"查道说："吃了人家的枣子，当然要给钱。"随从想不通："咱也不知道这枣树有没有主人，再说，也没人看见我们吃枣啊，您这又何必呢？咱们走吧。"说着就要把钱拿下来。

查道立马阻止了他，严肃地说："未经对方同意，随便吃人家的枣已经不对了。吃了不给钱，就更不对了。做人要讲诚信，要对得起自己的良心。白吃白喝不是君子的行为。"

随从听后很惭愧，也从自己兜里拿出一串钱，挂到了树上。

——出自《宋史·查道传》

25. 进士娶盲女

北宋时期，山东有个书生叫刘庭式。他年轻时，经媒人介绍，与同乡的一个姑娘订下婚约。订婚后，一来二往，两人感情日益加深。于是两家约定，等刘庭式参加科举考试后，就为二人举办婚礼。

皇榜一发，刘庭式考中了进士。他时刻挂念着心上人，想抓紧时间赶回家中，与她共同分享喜悦。

不料，回到家中后，刘庭式得知姑娘生了一场大病，导致双目失明。姑娘的父母都是老实厚道之人，不想耽误刘庭式的前程，就主动要求取消婚约。

与此同时，很多大户人家听说刘庭式金榜题名，还没成婚，就争相前来提亲。但刘庭式觉得自己已有婚约在身，一个都没有答应。

刘庭式的母亲拉着他的手劝道："儿子呀，你现在已经考取了功名，有的是好姑娘可以选择，咱还是把这门亲事给退了吧。"

刘庭式不同意，坚定地说："母亲，我的心已经在她那里了。虽然她双目失明，但我不会因此就背弃婚约！"

最终，刘庭式娶了这位盲女。两人白头偕老，一生都很幸福。

——出自《能改斋漫录》

26. 陶四翁火烧紫草

宋代有个人叫陶四翁，开了家染布店。一天，有人向他推销一种能染布的紫草，既好用又便宜。当时，陶四翁的店里正缺染料，他就花了四百万钱，把所有的紫草都买了下来。

过了不久，一个商人来到店里，看见了陶四翁买的紫草，他观察了一会儿，便说："掌柜的，您买的这些紫草是假货啊！"陶四翁不相信："你怎么知道？"商人便将判断紫草真假的方法告诉了他。陶四翁验证了一下，这些紫草果然是假的！他非常自责："我怎么如此粗心大意，这得造成多大的损失啊！"

　　商人安慰他说："你别发愁，这些紫草交给我，明天我帮你拿到那些小染坊去卖了，这样你的损失就降低了。"陶四翁无奈地说："那就麻烦你了。"

　　第二天，商人如约前来，却看到大街上，火焰腾腾，浓烟滚滚，走近一看，原来是陶四翁正在焚烧那批紫草！商人大惊："你为什么要这样做？"陶四翁严肃地说："我已经上当受骗，怎么能再去欺骗他人。诚信，是做生意的底线，更是做人的底线！"

　　其实，那个时候，陶四翁的染布店资金并不雄厚，因为这场损失，更是大伤元气，过了好久才恢复过来。不过，正是因为他讲诚信，人们都愿意和他做生意。后来，陶家的生意越做越大，陶四翁也成为当地最有名的富翁。

——出自《北窗炙輠（guǒ）录》

27. 宋濂借书

明代有个大学者叫宋濂，小时候酷爱读书，可是家里很穷，买不起书，只能到别人家里借。每次借来书，宋濂都抓紧时间把书的内容抄下来，赶在约定的日期之前还回去。

冬天天气太冷，墨汁都结冰了，手指也冻得不能书写，所以宋濂抄书的速度慢了许多。为了按时还书，他只能不辞辛苦，夜以继日地抄写。

母亲看了很是心疼，劝他说："你何必这么着急呢，和人家说一

下，缓几天再还也不要紧啊。"

宋濂知道母亲心疼自己，但他仍然坚持要按时还书。他认真地说："母亲，我既然和别人约定了还书日期，就一定要信守承诺，按期归还。如果不守信用，别人还怎么再把书借给我呢？"听了儿子的话，母亲十分欣慰。从此以后，每次宋濂夜间抄书，母亲都会帮他磨墨。正因为宋濂总能遵守约定，按期还书，所以大家都愿意把书借给他。宋濂正因为博览群书，后来才成为明代著名的文学家。

——出自《送东阳马生序》

28. 孝基还家财

　　古代有个书生叫张孝基，他为人正直善良、诚实可靠。乡里有个富人，很看重他的这种品格，便把女儿嫁给了他。富人还有个儿子，叫阿丘，每天游手好闲，在乡里胡作非为。富人忍无可忍，就把他赶出了家门。

　　后来，富人得了重病。临死前，他把张孝基叫到床前，郑重地嘱咐道："你是个善良诚实的人，我死后，家业就交给你了。我那个不争气的儿子，希望你能帮帮他。"张孝基深深地点了点头。富人死

后，张孝基按照礼节办了后事，并担起了管理家业的重任。

几年后的一天，张孝基在街上散步，看见一个乞丐沿街乞讨。他觉得这人有些眼熟，仔细一看，原来是阿丘！张孝基没有立刻相认，只是上前问道："小伙子，你会给菜园浇水吗？我可以雇用你，这样你就不用再乞讨度日了。"阿丘因为在姐姐出嫁前就被赶出了家门，所以不认识张孝基。听到张孝基的话，阿丘很受感动，说："只要能让我吃饱饭，干什么都可以！"

张孝基把阿丘带回家，让他浇灌菜园。发现他能自食其力以后，又让他管理仓库。阿丘很感激张孝基的赏识，既顺从又谨慎，把仓库管理得井井有条。

在这期间，张孝基一直在细心观察阿丘，知道他改过自新后，就把所有的财产都还给了他。

——出自《厚德录》

29. 朱熹留诗

朱熹是南宋著名的教育家、哲学家和诗人。他始终坚持俭朴的生活，还很在意传承这种家风。

一天，朱熹有事要找女婿蔡沈商量，匆匆走了十几里地，赶到女婿家中。不料，女婿访友未归，只有女儿在家。

女儿见到父亲，非常高兴，就留下父亲吃午饭。可是家中实在拿不出像样的饭菜，她只好做了碗麦屑饭，泡了碗葱花汤。

女儿把葱汤、麦饭端到桌上，面带歉意地说："父亲，只好委屈您吃这些了。"

朱熹知道女儿的家境，笑着说："这样的饭菜很好啊，不仅能填饱肚子，还香得让人直流口水呢！"说完就大口地吃了起来。

听着父亲的宽慰之言，女儿觉得更加过意不去。

吃完饭，朱熹对女儿说："俭朴度日，本来就是咱们的家风。你虽然出嫁了，也不能忘掉！我能吃上葱汤、麦饭已经很不错了。要知道，世上还有多少穷人家连这都吃不上呢！"说完，取来笔墨纸砚，留诗一首：

> 葱汤麦饭两相宜，
>
> 葱补丹田麦疗饥。
>
> 莫谓此中滋味薄，
>
> 前村还有未炊时。

——出自《全闽诗话》

30. 谏官鲁宗道迟到

　　鲁宗道是宋代的谏官。一天，宋真宗派使者紧急召见他。使者到了鲁宗道家，被告知他出去了。没办法，使者只能等他回来。

　　大约过了一个时辰，鲁宗道才回来。使者焦急地问："鲁大人，您这是去哪儿了？皇上正召您进宫！"鲁宗道一拍脑门，叫了声"哎呀"，急忙赶往皇宫。

　　到了宫门口，使者提醒鲁宗道："皇上如果怪罪鲁大人迟到，您可要想好怎么说啊！"鲁宗道笑着说："多谢使者提醒。"

到了大殿，宋真宗严厉地责问鲁宗道："你身为臣子，接到朕的命令，竟敢拖拖拉拉！你到底干什么去了?"鲁宗道说："我去酒馆吃饭了。"宋真宗更加生气了："我一向把你当成有名望的大臣，你居然因为喝酒误事！"鲁宗道连忙解释："我不敢欺瞒皇上。老家一个亲戚来看我，使者传令时，我正在酒馆请他吃饭。"

宋真宗很奇怪："难道在家里不能吃吗？为什么非要去酒馆?"

鲁宗道回答："臣家里贫穷，没有酒杯和菜盘，客人来了，家中没法招待，只能到酒馆去。"

宋真宗听完，被鲁宗道的俭朴感动了，就原谅了他的过错。

——出自《训俭示康》

31. 卖地葬亲

一年冬天，大雪纷飞，天气格外寒冷。司马光的夫人去世了。儿子司马康觉得母亲操劳一生，没享到人间清福，因此希望把母亲的丧事办得体面些。

司马光坚决不同意，他说："即使家里有财力，也不能大操大办，不能讲排场。更何况，就算是简单操办，咱家也没这笔钱啊！"

说起来，恐怕天下很难有人相信，司马光做官近四十年，一直做到宰相，是中国最大的编年史《资治通鉴》的主编，竟然贫穷到

这种地步。

看着家中经济的窘况，司马康不禁想起了一件往事。那时，仁宗皇帝赏赐给父亲一宗价值百万的金银珠宝，父亲极力推辞。迫于"皇命不可违"的成命收下后，父亲立刻全部分给了穷人，正像他把日常的俸禄大半都接济给别人一样。要是留下点儿赏赐，或多留些俸禄，母亲的丧事也不至于到这步田地。想到这里，司马康的泪水夺眶而出。

"康儿，把家里的地契找来。""父亲，您是要……"司马康似乎明白了父亲要干什么。"不错，你母亲的丧事不能再拖了，只能把家里的几亩薄田卖掉。"司马康恳求地说："父亲，把田卖了，以后这日子可怎么过啊？"

司马光依然不听，于是将几亩薄田卖掉，简简单单地给亡妻下了葬。

这正如史书上所说的，司马光对于学问视若珍宝，无所不通；对于物质的东西，却静若止水，一点儿也不放在心上。

——出自《宋史·司马光传》

32. 贵妇下厨

宋代有个大官叫陈省华，他的大儿子和二儿子都当了宰相，三儿子做到了节度使的职务。

陈家官做得很大，但依然秉持着勤俭的家风。陈省华要求家人：家庭内务，亲手去做；家用开支，务求节俭。一家人的饭，都是陈省华的夫人领着儿媳们下厨房去做。

陈省华的大儿媳，是当朝尚书马亮的女儿，是个十足的千金大小姐。从小衣来伸手，饭来张口，哪能吃得了这个苦！她向丈夫抱怨："咱家又不是请不起丫鬟，为什么还要我们做饭啊！真是烦死人

了！你跟父亲说说，别让我下厨了。"

大儿子把头摇得跟拨浪鼓似的："爹管得严，我不敢说。"

大儿媳一气之下回到娘家，哭闹诉苦。马尚书听完女儿的牢骚，对她说："等哪天碰到你公公，我跟他说说。"

这天上朝，马尚书碰到了陈省华，两人并肩而行。马尚书委婉地说："亲家，我女儿从小就没进过厨房，她在家的时候，连根针都没动过。你就别让她天天做饭啦。"陈省华一听这话，有点儿不高兴，说："我没有让她做饭，只是让她跟着婆婆，在厨房打下手而已。"

马尚书听说主厨的是陈省华的妻子，非常惭愧。第二天，他亲自把女儿送回陈家，并教育她好好向婆婆学习。

——出自《能改斋漫录》

33. 勤能补拙

　　宋代有个宰相叫陈尧咨，年轻的时候擅长射箭，箭法出神，举世无双。有一天，他在家中的花园里练习射箭。正巧有个卖油的老翁路过这里，老人家放下担子，站在一旁，有意无意地斜过来两眼，看他箭法如何。

　　陈尧咨见有人旁观，有心要炫耀下自己的箭法。只见他张弓搭箭，屏气凝神，眼睛瞄着箭靶，"嗖"的一声，箭已离弦而去。他连射十箭，除有一箭有点儿偏差外，其余九箭都正中靶心。他满心以为，这老翁会为他鼓掌叫好，没想到，老翁只是微笑着点点头。

陈尧咨很不高兴，就问老翁："你也懂射箭吗？我的箭法难道不精准吗？"老翁淡淡地说："这没有什么啊，只不过是手熟罢了。"

听到老翁轻描淡写的回答，陈尧咨气愤地责问："你竟敢轻视我的箭法？"老翁没接他的话茬，依然淡淡地说："从我倒油的经验，就能知道这个道理。"

说完，老翁拿出个葫芦放在地上，把一枚铜钱放在葫芦口上，然后用勺子慢慢地把油倒进葫芦，油从铜钱的孔中滴进去，却没沾湿铜钱。整个过程，陈尧咨看得目瞪口呆，没想到，老人的技艺如此出神入化。看着陈尧咨发呆的样子，老人笑着说："我这点手艺，也只是手熟而已。熟能生巧，勤能补拙嘛。"

——出自《欧阳文忠公文集·归田录》

34. 旧袍宰相张俭

　　张俭是辽国的宰相，因为一件皮袍穿了三十年，被人称为"旧袍宰相"。辽圣宗听说后，怎么也不相信，总想找个机会验证一下。

　　一天，张俭入宫讨论国事。皇帝看到他果然穿着一件破旧的皮袍，就命一个小太监，拿着点燃的香，偷偷在张俭的皮袍背面烧了一个小洞。

　　过了几天，皇帝召张俭入宫，并偷偷观察他的皮袍，还是背后有洞的那件；一个月后，皇帝再次召见张俭，依然如此。不过，皇帝仍不甘心，他觉得时间太短了。

第二年刚入冬，大臣们在朝堂上议事，皇帝在大殿里走来走去。当走到张俭背后时，他放慢脚步，又看到了皮袍上去年烧破的那个小洞！

皇帝十分感慨，对张俭说："爱卿，这件袍子这么旧了，你为什么不换一件新的呢？"张俭回答："我这件皮袍，已经穿了三十年了。现在社会上奢靡之风盛行，我穿这件旧皮袍，就是想引领节俭，扭转风气！"

皇帝高兴地说："说得太好了！群臣和百姓，也应当这样节俭！你日夜为国操劳，又这么清贫，我特许你进入国库，任意挑选中意的国宝级珍品。"

令人惊讶的是，张俭挑选了半天，竟然只拿了一匹粗布！

——出自《辽史·张俭传》

35. 四菜一汤

朱元璋建立明朝后，天下稳定，社会上兴起了奢侈享乐的风气，他总想刹住这股不正之风，弘扬节俭正气。

当时恰逢马皇后过生日，各路官员都来为她贺寿。按照惯例，皇帝要设宴招待这些官员们，同时也为皇后庆贺生日。

等官员们都入了席，朱元璋吩咐上菜。菜上齐后，所有官员都愣住了，没有山珍海味、鸡鸭鱼肉，只有四个菜和一盘汤。望着简

简单单的"四菜一汤",他们都暗自揣摩:皇帝这葫芦里到底卖的什么药?

看着官员们一个个疑惑不解的样子,朱元璋解释说:"各位不要小看了这几道菜,它们可各有深意。"然后,一边指着"四菜一汤",一边介绍说:"这道葱花豆腐汤,'小葱豆腐青又白',要你们'公正廉洁如日月';这'两碗青菜一样香',要你们做个'两袖清风好丞相';这道炒萝卜,'萝卜上了街,药店无买卖',希望你们健康;最后是炒韭菜,'韭菜青又青','长治久安定人心'。"

听皇帝说完,官员们都明白了"四菜一汤"的用意。朱元璋趁热打铁,当众宣布了一道新的诏令:"今后官员们请客,应当跟这次寿宴一样,不能超过'四菜一汤'。若有违反,必将严惩。"

从此,朝廷的奢靡之风为之一变,"四菜一汤"的标准也流传到民间。

——改编自民间故事

36. 海瑞巧挡钦差

明代时，嘉靖皇帝派鄢（yān）懋（mào）卿做钦差大臣，巡视八省盐政。钦差大臣代表皇帝，权力很大，地方官员都对他毕恭毕敬，不敢怠慢。

鄢懋卿生性奢侈，却装得清高。临行前，他发出通令："本官一向节俭，不喜欢阿谀奉承。巡视途中的吃穿住行，一切从简，不得浪费！"其实这只是做做样子。

令他没想到的是，有这么一个人，偏偏按照通令来接待他。这个人就是海瑞。当时，海瑞任淳安县县令。他听说，钦差大臣从离开京城开始，所到之处，招待酒席十分丰盛，每桌就要三四百两银

子；住的地方装饰豪华，甚至连便盆也是银制的。海瑞心想，这样的招待太奢侈了，我这小小的淳安县，哪能承受得了！得想个法子把他支走。琢磨了一晚上，他想到一个办法。

在钦差大臣快到淳安的时候，海瑞一本正经地给他写了一封信。信中先把钦差的通令附在前面，然后说："钦差大人奉命南巡，要求各地接待从简。但我听到传闻，说大人所到之处，供应非常奢华，不知是否属实。假的也就罢了，倘若是真的，就不好办了。我们淳安县是个穷县，如果按传闻来办，劳民伤财，百姓们不会答应，也与大人的通令相违背；如果不这样办，又怕得罪大人。我实在不知如何是好，请大人给我拿个主意！"

鄢懋卿看到海瑞的信，气得肚皮都快爆了，又无处发作。最终，他绕道而去，没进淳安县。这也正合海瑞之意。

——出自《海忠介公全集·淳安政事二》

37. 半鸭送子

　　清代有个清官叫于成龙，在湖北岐亭做官。有一天，他的儿子于廷翼从山西老家来探望他，于成龙非常高兴。

　　见到父亲后，廷翼说要给父亲做顿饭。他掀开米缸，空空如也，打开菜窖，也是如此。廷翼很难过，没想到父亲生活得这么艰苦。于成龙丝毫不以为意，他笑着对儿子说："我习惯了这种生活。"

向来不舍得吃肉的于成龙，特意给儿子买了只烤鸭。廷翼吃了半只，剩下的半只，于成龙用盐腌了起来。

过了几天，廷翼要回山西老家。从岐亭到老家，有上千里路，路途遥远，必须准备盘缠和干粮。于成龙虽为官一方，却连给儿子的盘缠和干粮都拿不出来。

找了半天，突然，于成龙想起还有半只腌烤鸭没吃呢！他就把那半只烤鸭装好，让儿子带着。于成龙说："孩子，我也没什么可给你的，就这半只烤鸭，你带着路上吃吧。"廷翼接过烤鸭，心里像打翻了五味瓶。

父子分别的场景恰巧被路过的乡民看到了。乡民们十分感动，纷纷凑钱凑粮送给于廷翼，但于成龙说什么都不接受。乡民们眼中含泪，呼喊他为"于青天"！

从此，于成龙"半鸭送子"的故事就流传开了，"于半鸭"的雅号也由此而来。

——出自《郎潜纪闻二笔》

38. 勤俭匾

从前有个老汉，一生勤俭持家，日子过得很舒心。他常说："勤能生财，俭能守财。勤俭是咱们的传家宝。"乡邻们都称赞他治家有方，于是送给他一块"勤俭匾"。

过了几年，老汉生了重病。临终前，他把"勤俭匾"交给两个儿子，对他们说："'勤'是摇钱树，'俭'是聚宝盆。我死后，你俩要按匾上的'勤俭'二字去做，既要勤快，又要节俭。"老汉死后，兄弟俩分家，就把这块匾锯为两半，老大得了块"勤"，老二得了块"俭"。分家后，老大每天都谨记"勤"字，拼命干活，从不

偷懒。可是他只知勤劳苦干，不知节俭，挣一个花两个，很快就入不敷出。老二呢，心里总记着"俭"字，省吃俭用，精打细算，一分钱掰成两半花，可就是不勤快，很快就把家里的老本儿都吃光了。没多久，兄弟俩的生活越过越穷。

这年大旱，老二家里实在揭不开锅了，就到哥哥家借粮。看到哥哥家里的米缸也是底儿朝天，一家人都穿得破破烂烂，兄弟俩抱头痛哭。

这时，走过来一个老大爷。老大爷见此情景，语重心长地对他兄弟俩说："能勤不能俭，到头没积攒；能俭不能勤，到头还是贫。要想富，'勤俭'合并理家务！"

听完老大爷的教诲，兄弟俩恍然大悟。后来，他俩把"勤""俭"重新合成一块，很快又过上了好日子。

——改编自民间故事

39. 吉翂请死赎父

南北朝时期，有个少年叫吉翂（fēn）。他父亲任吴兴县令时，为人刚正不阿，也因此得罪了许多权贵，被奸人诬陷入狱。在狱中，吉翂的父亲因为不愿受严刑逼供的侮辱，也不愿连累家人，就认罪了。

吉翂为救父亲，就向皇帝上书，称自己愿意代父受死。梁武帝知道后，见一个十五岁的少年，竟有这样的孝心和胆量，怀疑他是受人指使，于是派蔡法度前去审问。

蔡法度摆出一副异常严肃的面孔，厉声喝道："吉翂，皇上已经

准了你的请求。不过,你小小年纪,肯定想不到这样做!说,是谁指使你的?只要你说出来,或许可以给你一条活路!"面对这咄咄逼人的架势,吉翂没有畏惧,他拍着胸脯,从容地回答:"我虽然年少,却也知道死亡可怕。只是家中弟弟年纪尚小,我身为长子,父亲沉冤受刑,我怎能坐视不管?况且,我从小受父亲的养育之恩,今日正是回报之时!哪有什么人指使?"

听完吉翂的话,蔡法度非常吃惊,他没想到吉翂如此执着,便换了一副和蔼可亲的面孔,引诱吉翂说:"你真是一位好少年,这么小就有这样的胆识,将来必定前途无量!只要你说实话,皇上就会放了你。"

吉翂依然不为所动,非常坚定地说:"我心意已决,只想代父受死!"

蔡法度将这个情况禀报给了梁武帝,梁武帝听后惊叹不已。后来,经过彻查,吉翂的父亲冤情大白,吉翂的孝行也被传为佳话。

——出自《梁书·孝行传》

40. 李铨护兄

从前，有个人叫李铨，他有个同父异母的哥哥。李铨的生母不喜欢他的这个哥哥，不仅让哥哥干粗重的活，还让他穿粗布衣服，吃剩下的饭菜。

李铨五岁的时候，有一次和哥哥一块儿玩耍时，摸到了哥哥的衣服。"咦，怎么哥哥的衣服这么粗糙？"他又摸了摸自己的衣服，柔软多了。他仔细打量着哥哥的衣服，发现有好几处都破了。李铨很奇怪，就问哥哥："你的衣服怎么和我的不一样呀？"哥哥没有回

答他。他便跑去问母亲。母亲说："小孩子不要管这么多，玩去吧，听话。"李铨认真地想了一下，便脱下自己的衣服，坚定地对母亲说："如果哥哥的衣服和我的一样，我才会穿。哥哥穿什么我就穿什么。"母亲没办法，只得用同样的布料给哥哥做了一件。

从此以后，李铨有了好吃的，从不舍得自己吃，而是偷偷地分一半给哥哥；有了好玩的，也要和哥哥一起分享。母亲看到李铨小小年纪就懂得关心哥哥，也被感动了。她决定以后再也不偏心了，要给兄弟俩一样的衣服和食物。

李铨长大后，在家孝顺母亲，在外尊敬兄长，深受乡里人的尊重。

——出自《初学记·人部上》

41. 温公爱兄

　　司马光是北宋宰相，为人忠厚老实，孝顺父母，友爱兄弟，去世后被追赠为温国公。

　　一次，司马光回老家看望年近八十的哥哥司马旦。哥哥听到他的声音后，就拄着拐仗急匆匆地出来迎接。司马光见哥哥穿得很单薄，赶紧脱了自己的外套给哥哥披上，并关心地说："外边冷，哥哥要多穿点，别着凉了。"

　　回到屋里，哥哥语重心长地劝司马光："你也上了年纪，身体也经不起奔波了，以后就不要每次折腾着亲自过来了，你给我写封信，让人送来，我就满足了。"司马光真诚地说："就是因为我们都年老了，以

后在一起的日子不多了，所以我得常来看你。"说完，他紧紧握住了哥哥的手。

司马光感觉哥哥的手特别烫，忙问："哥哥是不是生病了？"侄子在旁边说："父亲感冒发高烧好几天了。听到您来，他非要亲自下床去接您。"

司马光听后很焦急，连忙把哥哥扶到床上。之后一连数天，他都守在哥哥床边，亲自给哥哥喂药、喂饭，无微不至地照顾哥哥的饮食起居，如同侍奉父母般真诚，又如同照顾婴儿一样细心。直到哥哥病情渐渐好转，他才放心地回去了。

——出自《宋史·司马光传》

42. 程门立雪

北宋时期，有个人叫杨时，他的学问历来被人称道，而他和好友游酢"程门立雪"的故事更是流传千古。

四十岁时，杨时觉得自己的学问仍然不够渊博，便去洛阳拜程颐为师。一天，杨时约了好友游酢去老师家请教问题。时值隆冬，北风凛凛，天气阴沉，两人冒着严寒急匆匆地赶到了老师家。不巧的是，程颐正在屋里打盹。"老师整日忙碌，难得有个时间好好休息，咱们还是先不要进屋了，免得惊醒了老师。"杨时轻轻说道。游

酢会意地点点头。于是两人默默地站在门外，静静等待老师醒来。

　　这时，天空中骤然飘起了鹅毛大雪，雪花落在他们头上、脸上，刺骨的寒风冻得他们瑟瑟发抖。没过多久，天地万物已是银装素裹。他们两个也被雪花扑得睁不开眼，可仍然坚持站在门外等候。"杨时，咱们进屋吧?"游酢冻得实在撑不住了。"不行，我们不能因为这点困难就惊扰了老师。"杨时坚定地说。

　　就这样，他们一直在门外候着。等到程颐醒来的时候，外面的雪已经积了一尺多深了，两人都成了活生生的"雪人"。程颐见状，既惊讶又感动，赶紧把他们请进屋里。杨时和游酢这种尊师重道的优秀品德一直被后人传颂。

——出自《宋史·杨时传》

43. 罗汝芳狱中侍师

明代有个大学问家叫罗汝芳，他在狱中侍奉老师的故事，至今仍广为传颂。

嘉靖年间，罗汝芳的老师颜钧因为得罪权贵，被捕入狱。罗汝芳听说后，变卖了全部家产，四处奔走，希望为老师脱罪。但不幸还是发生了，颜钧被判坐牢六年。当时，老师已经年迈体衰，在狱中孤苦伶仃，没人照顾，这样下去迟早会有性命之忧。一想到这些，罗汝芳就坐立不安，愁容满面。最后，他决定自己也住进监狱，照顾老师。

罗汝芳的妻子坚决反对他这样做："为救老师，咱们已经耗尽了家财；现在你又要住进监狱。六年的时间很长啊，你这不是自毁前程吗？"可是罗汝芳心意已决，坚持说："你说的很有道理，但是让我眼睁睁地看着老师在监狱受苦，我实在做不到！"

颜钧对此也极力反对，他说："汝芳，老师知道你的心意，你为我已经做得够多了。你万万不能住进监狱！否则，我于心难安！"罗汝芳执意不肯改变心意，坚持住进了监狱。

在狱中六年，罗汝芳尽心尽力、体贴入微地服侍老师，直至老师年满六年出狱。罗汝芳为此放弃了科举考试，但他一点儿也不后悔。

晚年时，罗汝芳功成名就，辞官归隐，又把老师接到家里，一直全心全意地照顾老师，直到老师去世。

——出自《明史·罗汝芳传》

44. 乾隆教子

清朝乾隆皇帝非常重视对子女的教育，为了给儿子颙琰（yóng yǎn）（即后来的嘉庆皇帝）找到好的启蒙老师，他下令在全国征求有才能的人。当时有个叫王尔立的进士，虽然年过七旬，但非常有学问，教学严格，一丝不苟。因此乾隆征召王尔立进京，让他做颙琰的老师。

一次，老先生检查前一天的功课，让颙琰背诵"四书"中的一段。颙琰从小娇生惯养，读书常常心不在焉。此时只能呆呆地坐着直摇头，一个字也背不出来。老先生一狠心，就让他罚跪半小时。

碰巧，颙琰的母亲令妃娘娘从书院经过，看到儿子罚跪非常心疼，就向老先生求情。碍于情面，老先生只好让颙琰站了起来。

第二天一大早，王尔立就来到金銮殿，跪在地上对皇上说："罪臣王尔立启奏圣上，臣无才无能，教不了皇子，请求辞官回乡。"乾隆很疑惑，忙问怎么回事。

王尔立把昨天的事情告诉了乾隆。乾隆听了非常生气："天地、君王、父母和老师，历来地位尊贵，不可冒犯。令妃干扰您的教学，的确做得不对！"说完他立即下了一道圣旨："娘娘免进书院！"从此以后，王尔立就可以不受干扰地授课，颙琰的学业也有了很大长进。

——改编自民间故事

45. 段玉裁尊师

段玉裁是清代著名的语言学家，师从大学问家戴震，也是戴震最得意的学生之一。

段玉裁对老师非常恭敬，虽然他只比老师小四岁，却时刻保持着敬师之心。戴震去世后，每月初一和十五，段玉裁都坚持诵读老师的文章，从不间断。

有一年，县里举办学术会议，邀请退休在家的段玉裁出席。当时，段玉裁已经七十八岁了，但他依旧欣然前往。

会上，一名青年才俊发言："读书的目的是明理，戴震说过……"听到有人提到恩师戴震的名字，段玉裁忽地离开座位，双手下垂，直直地站立起来，样子十分恭敬。那名青年以为段老先生不同意自己的观点，便不敢再往下说了。主持人见气氛有些尴尬，就上前问道："段老先生，您有意见要发表吗？"段玉裁回过神儿来，面带歉意地说："不好意思，因为刚才听到了我老师的名讳，所以不自觉地站了起来。"

见此场景，大家既震惊又感动。当时，戴震已经去世很多年了，没想到，段玉裁对老师还是如此恭敬，连听到老师的名字都要起身行礼。由此可见，段玉裁对老师的尊重之情。

——出自《清史稿·段玉裁传》

46. 敬兄让产

清代时，甘肃通渭有一户姓张的人家，家中兄弟两个都是木工，虽然生活贫困，却友爱互助。

父母去世后，兄弟俩商量着如何分家产。哥哥说："我们兄弟两人，家产平分，一人一半。"

弟弟连忙摇头，表示不赞成。他说："哥哥，你这么分，听起来挺公平，其实不然。我只有一个孩子，而你有五个孩子。按照哥哥的分法，我得到的家产就多了，你得到的不就少了吗？依我看，应该按孩子的人数平均分。"

哥哥不同意，争辩道："不行，父母的财产，只有我们兄弟俩才有资格继承，不必考虑我们两家的孩子。"

兄弟俩就这样争论着，相持不下，最后，终于找到了一个折中的办法。他们决定把财产平均分成三份，哥哥家得两份，弟弟家得一份。

在以后的日子里，他们两家一直和睦相处，兄弟俩都活到了八十多岁。

——出自《清史稿·孝义传》

47. 吴祐赠衣

吴祐（hù）是东汉人，年轻时在家乡的水边一边放猪，一边读书，生活很贫困。后来他做了胶东地区的长官，在日常生活中以身作则，仁爱清廉。

有一次，负责收税的下属孙性，偷偷地多收了百姓一点儿钱，给父亲买了一件新衣裳。

孙性的父亲知道衣裳的来历后，把他痛骂了一顿："吴长官是多么好的一个人，你怎么忍心瞒着他干这种事？"然后逼着儿子去自

首。孙性又羞愧又害怕，最后还是拿着衣裳自首去了。在办公大堂里，吴祐看到孙性局促不安的样子，就让身边的人都退下，然后说："现在没有别人了，有什么事，就告诉我吧。"

孙性支支吾吾地把事情讲了一遍。吴祐听完，严肃地说："你私自收钱，应当严厉处罚！"孙性一听，吓得"扑通"跪倒在地。吴祐见状，语气变得温和起来，说道："你现在能知错就改，难能可贵，以后千万别再犯这种错误了！你应该感谢你父亲，也代我谢谢他老人家！"

随后，吴祐拿出自己的钱，连同那件衣裳交给孙性，嘱咐道："把这些钱退还给老百姓。这件衣服，就以我的名义送给你父亲吧。"

孙性被吴祐的仁慈感动了，以后再也未犯其他过错。

——出自《后汉书·吴祐传》

48. 大树将军

　　冯异是东汉初年的将军，为人谦和沉静，从不跟人争名夺利。他在军中总是以身作则，从不打骂士兵。士兵们也都主动地服从他。

　　那时的部队经常转移，安顿好以后，将军们总喜欢围在一起，讨论谁立了功，该享有什么样的奖赏。每当这时，冯异就默默地走到一边，找一棵大树，背靠着树身，独自坐着闭目养神，不参与众

人的讨论。时间长了，将士们都称他是"大树将军"。

有人忍不住问他："冯将军，您为什么不跟其他将军在一起，讨论立功受奖的事呢？"

冯异指了指身后的大树，淡然地回答："你看这棵大树，为人遮风挡雨，却从不向人索要回报，人也应该这样。在我看来，尽到自己的职责，才是最重要的。名利都是身外之物，你争我抢是没有意义的，顺其自然就好。"冯异向来奉行这种观念，在部队里有很高的威望。

后来，光武帝刘秀要改编部队，士兵们都愿意跟随"大树将军"。冯异凭着自己的威望和杰出的军事才能，率领部队打了很多胜仗，战功卓著，是著名的"二十八将"之一。

——出自《后汉书·冯异传》

49. 梁上君子

东汉末年，连年战乱，田地荒芜，许多人家生活很困难，经常会发生一些偷盗的事情。

陈寔（shí）是太丘的长官。一天夜里，有个小偷潜入他家，躲在了房梁上。陈寔正在房里读书，无意间发现了梁上的小偷。

陈寔不动声色地站起来，整理了一下衣襟，把子孙们都叫过来，严肃地教育他们："人，一定要加强自我修养。有的人，本性不一定是坏的，只是养成了坏习惯，才会做错事。房梁上的君子呀，你就是这样的人！"小偷大惊，急忙跳下来，向陈寔磕头认错。

陈寔很满意小偷认错的态度，便耐心地教导他："看你的样子，就知道不是坏人，肯定是生活太困难了，才这样做。但无论怎样，偷东西总是不对的，你要改掉这种坏毛病，重新做个好人啊！"说完，拿了两匹好布送给小偷。小偷非常感动，后来改过自新，做起了小生意，日子越过越红火。

由此，"梁上君子"也就成了小偷的代称。

——出自《后汉书·陈寔传》

50. 郭太雅量

郭太是个有贤德的人，他的母亲去世了，很多人都前来悼念。忽然，一个人的出现，给葬礼带来了一阵骚动。原来是贾淑来了。这个人曾是乡中一霸，邻里们都很讨厌他，不过郭太仍然很有礼貌地接待了他。

过了一会儿，郭太的朋友孙威直也来了。孙威直刚到门口，看到贾淑在场，心中十分不快。他直接对郭太说："你竟然和贾淑这样的恶人是朋友，我对你太失望了！"说完冷冷地哼了一声，甩开袖子转身就走。

郭太赶紧追上去，拉着孙威直的胳膊解释说："贾淑以前确实做过坏事，可他现在已有很大改进了。春秋时，互乡这个地方，风俗败坏，但孔子没有离弃那里的人，仍然给他们改邪归正的机会。如果一个人犯了错，就再也不理会他，那不是纵容他继续作恶吗？"

听了这番话，孙威直顿时醒悟，拍了拍自己的额头说："我怎么就没想到这一点呢？还是你做得对！"说完，两人一起返回郭太家。

郭太的做法让贾淑十分感动，他决心更加彻底地改过自新，让人们都接受自己。后来，贾淑总是尽心尽力地帮助别人，成了一个品行高尚的人。

——出自《后汉书·郭太传》

51. 骆统送米

东汉末年，浙江发生了旱灾，庄稼颗粒无收。很多人没有吃的，只能吃树皮和草根，还有的人卖儿卖女，才换来一点粮食。

当时，有个孩子叫骆统，他跟着姐姐一起生活。一天吃饭的时候，姐姐见骆统又对着饭菜发呆，就关心地问："近来，你总不好好吃饭，人也越来越瘦了，是不是有什么心事啊？"

骆统抬起头，悲伤地说："姐姐，现在有很多人吃不上饭，我很难过。别人都在挨饿，我怎么能只顾着自己吃呢？"

姐姐听完骆统的话非常感动，心疼地说："原来是这样啊，你怎

么不早点告诉姐姐呢？咱们把家里的米分给大家一些，不就行了嘛！"

当晚，姐弟俩就拿出一些米来，分给附近挨饿的人家。米虽然不多，但对于这些人家来说，真的是雪中送炭了！大家对这姐弟俩的善举赞不绝口，有的人还感动得流下了眼泪。

骆统送米救济穷人的事很快就传开了，大家都非常敬佩小骆统的高尚品德。长大后，骆统在东吴做官，他总是为百姓着想，受到人们的称赞，也深得吴王孙权的信任。

——出自《三国志·骆统传》

52. 曹操惜才

公元 200 年，袁绍要发兵攻打曹操，就让他的秘书陈琳写了一篇文章来讨伐曹操。陈琳是个有名的才子，文笔很厉害，洋洋洒洒地写了上千字，把曹操批得一无是处。文中说曹操是个祸国殃民的小人，谋财害命，阴险狡诈，包括他的祖父和父亲，也被骂成为非作歹的坏人。文章传到了曹营，正患头疼的曹操看后，吓出了一身冷汗，急忙问："这是谁写的？"旁边的人回答："是陈琳写的。"曹操又把文章看了一遍，笑着说："这个陈琳还算有些文才嘛！以后如果能为我所用，还是很能派上用场的！"

不久，曹操把袁绍打败了，陈琳被绑到曹操面前。曹操一见陈琳，就笑呵呵地说："陈琳啊，我看过你写的那篇文章，很有文采。不过，你骂我就骂我吧，怎么连我祖父和父亲都骂了呀？"

陈琳以为自己必死无疑，硬着头皮说："我当时也是迫不得已，箭在弦上，不得不发啊！"

曹操摆摆手说："罢了！我很欣赏你的才华，以前的事就让它过去，你留下来为我做事吧！"说完就走上前去，亲自把陈琳身上的绳子解开，任命他为负责军中文书的官员。

——出自《三国志·陈琳传》

53. 王述忍辱

晋朝有个叫王述的人，性子一向很暴躁。有一次，他吃煮鸡蛋，想用筷子夹住它，但是怎么都没有夹住。王述气坏了，一把抓起鸡蛋扔到地上。鸡蛋又圆又滑，在地上转个不停。王述看了更加生气，起身抬脚去踩，踩了几次都没踩到。这下他勃然大怒，抓起地上的鸡蛋就放进嘴里，狠狠咬烂后，又猛地吐掉："让你再乱跑！"

后来王述做了高官，脾气也慢慢变得温和了。一天，官员们都聚在一起谈事，王述无意间把一个叫谢奕的人惹恼了。谢奕也是个

鲁莽的人，站起来指着王述就破口大骂。王述眉头紧锁，死死攥紧拳头。大家都认为他俩要打起来了。没想到，过了一会儿，王述松开拳头，默默地从座位上起身，慢慢走到墙壁前，对着墙一言不发。不管谢奕怎么骂，他都不吭声。

谢奕骂了半天，见王述一句都不回应，就气呼呼地走了。等谢奕走后，王述回到座位，脸上没有一点儿恼怒的表情。王述受到辱骂而能忍得住，大家都对他大加称赞。

——出自《晋书·王述传》

54. 严植之施恩

南朝时期，有个叫严植之的人，很有学问，经常到江边读书、散步。这一天，严植之又来到了江边。突然，他瞥见有个人躺在地上，急忙跑过去一看：此人衣着破烂，面目浮肿，双眼紧闭，正在痛苦地呻吟着。

严植之半跪在他身边，问道："你怎么躺在这里呀？你家在哪里？"

那人微微睁开双眼，虚弱地回答："我姓黄，家在荆州，因为家里贫困才外出打工。现在生了怪病，本来想乘船回家，却被船主扔在了岸上。"

严植之很可怜他，把他背回了自己家。这人病得很重，严植之请来大夫为他看病治疗，并买药、熬药，精心照顾。

一年后，那人康复了。他向严植之磕头道谢："感谢您的救命之恩！我甘愿做您的奴仆来报答您！"

严植之把他扶起来，微笑着说："我救你不是为了索要回报，人和人之间本就应该互相帮助。你如果非要报答我，那就去帮助其他人吧！"严植之又送给那人一些钱和干粮，让他回家了。

——出自《南史·严植之传》

55. 李士谦火烧借据

北朝时期，赵郡发生了饥荒，很多人家都没有粮食，生活极其艰难。当地有个叫李士谦的大户人家，看到这种情形，就从自己家里拿出数千石粮食，借给缺粮的百姓。大家拿到粮食后，都非常感激他，纷纷写下借据，承诺来年秋收后，一定把粮食还给他。

第二年秋收时节，让大家失望的是，收成很不好，每家收的粮食也只勉强够家人吃的，根本没有余粮还给李士谦。没有办法，大家只好请他放宽还粮期限。

李士谦宽慰大家说："我把粮食借给大家，就是要帮助大家渡过灾荒，并不是为了获利。既然收成不好，大家就不用还了。"说完，他把借据拿出来，放进火盆全部烧掉了。大家连连向李士谦磕头道谢。

又过了一年，粮食大丰收。虽然李士谦把借据烧掉了，可还是有很多人挑着粮食要还给他。李士谦坚决不收，他们只好又挑了回去。

李士谦一生乐善好施，他帮助过的人不计其数。他去世的时候，有上万人自发来为他送葬，哭声惊天动地。

——出自《隋书·李士谦传》

56. 辛公义治病易俗

初唐时，辛公义在岷州做官。当地有一种奇怪的现象：人们都害怕病人，有人生病了，他的亲人就会离开他。大多数病人因为得不到照顾，病情逐渐加重而死去。

辛公义对此很担忧，想要改变这种情况。于是，他派人四处巡

视，一发现病人，就把他们运到官署，安置在大厅里，并让人悉心照料。

夏天流行病爆发，病人多的时候达到数百人，厅堂内外都躺满了病人。辛公义拿出自己的全部俸禄，用来给病人买药治病。他还不分白天黑夜地照顾病人，劝他们吃饭，料理各种医治事务。在他和众人的精心护理下，病人们都慢慢康复了。

辛公义把病人的亲人们都叫来，告诉他们："一个人生了病，你们就抛弃他，这才是他死亡的原因。现在我整天和病人们在一起，假如会传染，我怎么还能活着呢？你们看，他们都已经好了，请你们把家人领回家去吧！"病人的亲属都十分惭愧。他们想：辛公义与病人非亲非故，都能无私地帮助；作为血浓于水的亲人，更应该相互照顾。于是，他们谢过辛公义，各自带着家人离开了。

在辛公义的影响下，大家开始相互关爱，再也不会避开生病的家人。人们都称辛公义为"慈母"。

——出自《隋书·辛公义传》

57. 林积还珍珠

宋代有个叫林积的年轻人，有一次，他去京城太学，途经蔡州时，在一家旅店休息。疲惫的林积往床上一躺，觉得有什么东西硌着后背了，掀开席褥一看，发现了一个锦囊，里面竟然装着数百颗珍珠！林积心想："失主丢了这么名贵的珠宝，肯定会回来寻找的。"于是，他去问旅店老板："上一个住在我房间的是什么人？"

老板仔细想了想，回答说："好像是一个富商。"

林积对老板说："他在这里落了东西，一定会再回来的。等他来了，你让他到太学去找我。我叫林积。老板你千万要记住啊！"

　　林积回到房间，仍不放心，又在墙上贴了张字条："某月某日，南剑人林积在这里住宿。"林积将事情安排好，便带着那袋珍珠回到了太学。

　　过了两天，果然有个富商回到这家旅店来找珍珠。他从旅店老板那里得知消息，也看到了林积留下的字条，于是直奔太学寻找林积。

　　富商找到林积后，到官府投了认领文书，领到了所有的珍珠。他十分感激林积，当即取出一半送给他，以表谢意。林积坚决不接受，他说："如果我想要这些珍珠，就不会想方设法让你找我了。"

　　最终，林积连一颗珍珠都没有留。他拾金不昧的品德也深受人们的赞赏。

——出自《仕学规范》

58. 六尺巷

清代康熙年间，安徽桐城有个著名的张氏家族。家族中有个大官叫张英，在朝廷做礼部尚书，他的儿子张廷玉也是朝中大臣。

张家的宅子，与吴家的相邻。吴家也有人在朝中做大官。两家中间有块狭窄的空地，被吴家越线占用了。对此，张家很恼火，一纸诉状把吴家告到了官府。县官考虑到这两家都是名门望族，很有权势，哪边都得罪不起，所以一直不敢轻易判案。

张家人等不到官府的判决，又咽不下这口气，就直接给京城的

张英写信，希望他出面解决这件事。张英收到信后，没按家人的想法去做，而是回了一首诗：

> 千里修书只为墙，
>
> 让他三尺又何妨；
>
> 万里长城今犹在，
>
> 不见当年秦始皇。

张家人看完回信，明白了张英的意思，就主动让出了三尺地。吴家被张家的做法感动了，也让出三尺地。这样两家各退一步，就形成了一个六尺宽的巷子。

从此，"六尺巷"的故事传为美谈。

——出自《桐城县志略》

59. 猛将辛承嗣

　　唐代有个将军叫辛承嗣（sì），身体矫健，行动迅猛，作战十分勇敢。

　　有一年，辛承嗣跟随中郎将裴绍业与吐蕃（bō）作战。在青海的一场战斗中，裴绍业不幸被敌军包围了。眼看形势越来越危急，这时，辛承嗣冲到裴绍业身边，对他说："将军请跟我走，我带你突出重围！"

　　裴绍业见敌军人多势众，非常害怕，哆哆嗦嗦地不敢答应。辛承嗣知道他胆怯，便翻身上马，说道："将军若不相信，

我先冲过去给你试试看!"然后,就见他单枪匹马,杀向吐蕃军中。在敌阵里,辛承嗣丝毫不惧,左冲右突,所向披靡,杀死敌人无数。吐蕃军见他来势凶猛,纷纷躲避,无人敢挡。

辛承嗣并未深入敌军太远,冲杀了一阵,随即拨转马头,回去迎接裴绍业。裴绍业见辛承嗣如此勇猛,有如战神一般,顿时有了底气和胆量,随即跟着他向外突围。敌军见识了辛承嗣的威力,都不敢近身,只是放箭。

辛承嗣的坐骑不幸中箭,眼看就要倒下,刹那间,辛承嗣迅速跳下马来,直奔最近骑马的敌人。来到敌人马前,他挺枪就刺,一枪就把吐蕃士兵挑于马下,然后飞快地跳上马背,奔驰而去。敌军都不敢上前阻挡,眼睁睁看着辛承嗣和裴绍业骑马而去。

辛承嗣掩护着裴绍业杀出一条血路,终于得以突围而出。一场恶战下来,他竟毫发无伤!后来,朝廷为褒奖他的勇猛,封他为"忠武将军"。

——出自《朝野佥载》

60. 区寄勇斗强盗

区（ōu）寄是郴（chēn）州的一个放牛娃。有一天，他正在郊外放牛，突然被两个强盗绑架了。

强盗把区寄关在一间破屋子里，并拿刀在他眼前晃了晃，恶狠狠地说："老实点！不然就杀了你！"区寄马上装成很害怕的样子，颤抖着哭泣起来。过了会儿，两个强盗去路边喝酒，其中一个喝醉了，把刀往地上一插，倒头就睡，另一个则醉醺醺地去集市寻找买家。趁此机会，区寄挪动身子，后背一点一点地靠近刀刃，将绳子

割断，然后腾出手，拿刀杀死睡觉的强盗后就跑了。

区寄跑到半路，碰上了从集市返回的强盗。强盗见他衣服上血迹未干，大吃一惊，就要杀掉他。区寄急忙说："大王，与其让我侍奉两人，还不如让我只侍奉您一个人！您要是留我一命，让我干什么，我就干什么！"

强盗转念一想："杀掉不如卖掉。反正同伙已经死了，我正好独吞钱财！"然后，他便把区寄捆绑结实，带着他到集市上窝藏强盗的人那里。

夜深人静，被关起来的区寄，慢慢转过身，靠近炉火，烧断绳子，手也被烧伤了，可他仍咬牙坚持着；又拿过刀杀掉了要卖他的强盗。

逃出去后，区寄大声呼救，惊动了住在集市上的人家。他把事情的经过告诉了周围的人，人们都很佩服区寄，帮他向官府报了案。官府见他小小年纪，就有过人的胆识，赞叹不已，给了他许多东西，并把他送回了家。

——出自《童区寄传》

61. 孤胆斩贼

白孝德是唐代的一员武将。他智勇双全，作战勇敢。

安史之乱时，叛军将领刘龙仙前来进攻河阳。守城将领李光弼派白孝德应战。白孝德孤身一人，提着长矛，骑马向城外奔去。

刘龙仙见对方只有一人前来，很是不屑。等白孝德快接近时，刘龙仙正了正身子，便要取弓箭。白孝德摆手制止了他，说："我只是来传个话，你听着就行，不必紧张。"

在离白孝德还有三十步的时候，刘龙仙仍然像开始骂阵时一样，

谩骂不止。白孝德瞪大双眼，怒吼一声："逆贼，你认得我吗？"

刘龙仙斜着眼问："你是谁？"

白孝德回答："我是朝廷大将白孝德！"

刘龙仙冷笑一声，接着问："白孝德是谁？是猪还是狗啊？"

只听白孝德狮子般大吼一声，挺起长矛，向前猛冲过去。这时，河阳城上的士兵开始击鼓呐喊，五十名骑兵也跟着白孝德冲杀过去。转眼间，白孝德已杀到面前，刘龙仙来不及拉弓，仓皇奔向大堤，狼狈逃窜。白孝德策马赶上，手举长矛挑落刘龙仙，斩其首级，胜利归来。

——出自《谭宾录·白孝德》

62. 段秀实勇闯军营

段秀实是唐代名将。他做泾州刺史时，尚书郭晞的部下聚众闹事，甚至残害孕妇。段秀实听后大怒："身为军人，如此伤天害理，真是丧尽天良！"然后带人将参与杀人的士兵一一擒获，并斩首示众。

郭晞的部下都骚动起来，纷纷披上盔甲，想要找段秀实算账。

当地的节度使十分惊恐，害怕会激起兵变。段秀实说："不用担心，我亲自去军营摆平这件事。"节度使说："那些士兵不是好惹的，我派些人跟您一起过去！"段秀实坚定地说："这有什么好怕的，我还是单独去吧！"

于是，段秀实解下佩刀，单枪匹马来到郭晞的军营。

听说段秀实来了，郭晞的部下全都冲出来，拿着大刀向他示威。段秀实毫不畏惧，坦然走进营门，笑着说："我只是个老头子，你们不必全副武装。我顶着脑袋来见你们了！"

士兵们非常吃惊，谁也不敢上前和他对抗。趁这个机会，段秀实劝他们说："难道郭尚书对你们不好吗？你们为什么要暴乱，败坏郭家的名声？请郭尚书出来，我有话要跟他说。"

等郭晞出来后，段秀实上前握住他的手，语重心长地劝他："想当年，你父亲战功赫赫，功勋盖世；而现在，你却纵容部下为非作歹！人们会说你仗着父亲的势力，蛮横霸道。郭家的名声还会好听吗？"

听完段秀实的话，郭晞向他深深地鞠了一躬，感激他及时纠正了自己的错误，并保证以后绝不再犯。

当晚，段秀实就留宿在郭晞的军营，吃饭、睡觉一切如常，丝毫不害怕会有人加害他。

——出自《段太尉逸事状》

63. 钟傅打虎

唐代时，江西有个壮士叫钟傅。他勇敢坚毅，爱好打猎，在当地很有名气。

有一天，亲戚请钟傅喝酒，钟傅喝得大醉。晚上回家，只有一个随从跟着他。途经山谷时，突然从树林里跳出一只花斑猛虎。老

虎目露凶光，在百步之外，边看边向他们走来。随从一见老虎，吓得双腿直颤抖，忙不迭地往树上爬，边爬边朝钟傅大喊："快爬树，好逃命！"

正所谓酒壮英雄胆。钟傅这时酒劲正上来，胆量尤其大。他没有逃跑，而是拿起随从丢下的棍棒，摆出和老虎搏斗的姿势。

老虎怒吼一声，直奔钟傅。钟傅不慌不忙，敏捷地左右跳跃，闪转腾挪，同时不忘挥动木棍，击打老虎。老虎挨了一棍，闷哼着趴下，等待机会。钟傅见老虎停下，也不再活动，而是紧紧盯着老虎。不一会儿，老虎又一跃而起，纵身扑向钟傅。钟傅灵巧地避开，伺机一棍打在老虎前爪上。老虎吃痛，就停下了。钟傅也跟着停下。这样反复了四次，老虎越战越累，而钟傅却愈战愈勇！

突然，老虎直起身，前爪搭在钟傅肩上，张开大口就要咬。钟傅反应敏捷，双手死死掐住老虎的脖子。老虎疼得呲牙咧嘴，不断低声吼叫；钟傅双眼血红，手上青筋暴起。双方僵持不下，随从在旁边急得大喊大叫。正在这时，钟傅的家人来寻找他，见此情景，忙赶上前挥剑砍虎。虎腰被砍断，钟傅才脱离险境。

钟傅打虎的事迹传开后，人们都十分佩服他。后来，他凭借自己的勇武，成为保家卫国的著名将军。

——出自《耳目记》

64. 司马光砸缸

司马光是北宋著名的政治家，自幼聪明好学，很有胆识。

一天，司马光和小伙伴们一起在院子里玩耍。天气很热，大家嬉笑打闹着，累得汗流浃背，但十分开心。

这时，有个小孩儿口渴了。他见院子里有口大水缸，就爬到水缸沿上，想捧一点水喝。可一不小心，"扑通"一声，小孩儿掉进了水缸！"救命啊！救……"小孩儿挣扎着，扑打着水面。

其他小伙伴听见呼救声，都被吓呆了。有的边哭边喊，跑到外面向大人求救；有的想伸手去拉落水的小孩儿，可是根本够不到；有的干脆一屁股坐在地上，吓得哇哇大哭起来。

　　就在这时，司马光急中生智，果断地抱起一块大石头，使出吃奶的力气，向水缸砸去。"砰！"水缸被砸开了一个大口子，缸里的水哗哗地流了出来，落水的小孩儿终于得救了！

——出自《宋史·司马光传》

65. 重义陈东

北宋末年，太学府有一位学生，叫陈东。他生性豪爽，重情重义，敢于直言。

有一年，金兵攻打北宋，部队已逼近北宋都城开封。昏庸的皇帝听信谗言，将主战派的李纲罢官。

陈东听说后，非常气愤，立即上书。有人劝他说："你和李纲非亲非故，不要因为他把命搭上了！"陈东非但没有退缩，反而带领几百名同窗，跪在宣德门前，请求恢复李纲的职位，并上书说："李纲坚持正义，力主抗金，是朝廷贤臣，应该重用。而那些只为自己打

算，妥协求和的人，才是国家的贼子，应该罢免他们的官职！"

为了平息事态，皇帝做出关心上书学生的姿态，劝他们回太学府。但陈东他们不为所动，坚持请命，把抬来的鼓都敲坏了。大家在陈东的带领下，为了正义大声呼喊，喊声震天动地。最后，皇帝迫于压力，只好恢复李纲的职位。

可是，陈东却因此得罪了求和派。为了打击报复陈东，求和派决定除掉他，就编造了一个罪名，将他抓了起来。

行刑前，监斩官问："你还有什么要说的？"陈东仰天大笑，豪迈地说："我陈东既然上书，就不怕死。从上书那天起，我就做好了必死的准备。为了社稷安危，我死而无憾！"说完，慷慨就义，在场的百姓都流下了眼泪。

——出自《宋史·陈东传》

66. 赵广拒画

宋代有位著名的画家，叫赵广，不但画技超群，而且为人正直，不畏强权。

建炎年间，金兵攻打南宋，掳走了许多年轻漂亮的女子。金兵首领听说赵广善于作画，便把他抓来，让他给那些女子画像，供金朝贵族挑选。一进画室，赵广就发现一屋子女子都在低声哭泣。金兵首领指着其中一位女子，对赵广说："从她开始，一个一个地画，必须画得逼真。"

赵广气愤难忍，面色红涨，义正词严地说："你们这帮贼人，简直不知礼义廉耻！别做梦了，我是不会帮你们画的！"

金兵首领大怒，马上拔出刀来，威胁道："好你个赵广，胆敢口出狂言！我今天就废了你的手，看你以后还怎么作画！"说完，命人按住赵广的右手，做出要砍的样子。

这时，旁边的金兵将领站出来，对赵广说："你不要太固执了。只要你肯画，手就能保全。再说，你跟她们非亲非故，这又何苦呢？"

赵广神色坦然地说："只要是宋人，就是我的家人，怎么能和我没有关系呢？你们要砍就砍，就算断指，我也不会给你们作画的！"

　　听到这里，愤怒的金兵首领一刀下去，把赵广的右手拇指砍断了，随后扬长而去。从此，"断指画家"赵广的事迹，在民间广为流传。

——出自《老学庵笔记·卷二》

67. 辛弃疾勇斩义端

　　南宋初期，中原勇士纷纷起义抗金。二十二岁的辛弃疾也毅然投奔义军。有个跟他一起参军的僧人，叫义端，两人关系十分亲密。没想到，义端虽喜谈兵法，但有强烈的投机心理。一天晚上，他居然盗走了帅印。

义军将领异常愤怒，便抓来辛弃疾问责。辛弃疾自己也觉得交友不慎，连累了起义军队伍，于是当场立下军令状：给我三天时间，追不回帅印，我就以死谢罪！

辛弃疾心想，义端一定带着帅印，投奔金人去了。于是，在深沉的夜色中，他带了一小队人马，埋伏在去往金人军营的必经之路旁边。果然，天快亮时，义端骑着马飞奔而来。等他靠近时，辛弃疾一个箭步蹿了出去，一刀将马腿砍断。义端还没有反应过来，就从马上狠狠地摔了下去。

辛弃疾手握大刀，走近义端，杀气腾腾地说："你这小人，竟敢盗印卖国！当初我真是瞎了眼，结交了你这个不讲道义的朋友！"义端吓得两腿发软，赶紧跪下来求饶说："老兄啊，我知道您力大威猛，是个大英雄。看在你我是老交情的份上，饶了我吧！"面对这样的叛徒，疾恶如仇的辛弃疾哪里肯听，不等义端说完，就把他砍死，并追回了帅印。

从此，辛弃疾名声大震。他的正直勇猛，也令众人佩服不已。

——出自《宋史·辛弃疾传》

68. 少年英雄夏完淳

夏完淳是明末清初著名的抗清少年。顺治四年（1647 年）的夏天，因抗清秘密泄露，夏完淳不幸被捕，被押到南京受审。

明朝降将洪承畴亲自审问夏完淳，见他年纪还小，便放软口气，试图劝他投降。

洪承畴说："你小小年纪，怎么会造反呢？一定是受了别人的指使。只要你现在肯归顺大清，我就为你求情，并且给你个官做。"

夏完淳假装不知道上面坐的是洪承畴，故意严肃地说："我大明

朝有位杰出志士，叫洪承畴。当年松山一战，他血洒疆场，壮烈殉国，我钦佩他的忠烈精神。我虽然年少，但是也立志要做他那样的人。"

这一番话，把洪承畴说得直冒冷汗。旁边的士兵以为夏完淳真的不认识洪承畴，提醒他说："别胡说！上面问你话的就是洪大人。"

夏完淳冲着士兵"呸"了一声，说："洪先生早就为国捐躯了，天下谁不知道！"然后又转向洪承畴，大骂："你是哪来的叛贼，胆敢冒充洪大人，玷污忠烈英魂！"洪承畴又气又羞，面色铁青，无颜继续审问，便喝令士兵把夏完淳拉了出去。

后来，夏完淳在南京西市英勇就义，死时才 17 岁。

——出自《皇明四朝成仁录》

69. 刘天孚投河尽忠

元代时，刘天孚在河中府做知府。任职两个月时，突遇陕西省丞相阿思罕叛变。刘天孚一面派人前往晋宁报告叛乱，请求援兵，一面紧急招募训练士兵，布置守城。

阿思罕的叛军很快就来到黄河西岸，距离河中城仅一河之遥。叛军派人索要船只过河，刘天孚断然拒绝。叛军在黄河边扎木筏，抢民船，强行渡河，攻入城中，并安营扎寨。刘天孚依然坚持不投降，与叛军僵持了好多天。这天，阿思罕正在府衙处理公务，发号施令。突然，刘天孚佩着刀剑，径直冲进府衙，要和阿思罕拼命。

众人赶忙将他拦下。阿思罕对刘天孚说："你若归附于我，可饶你不死。否则，就以阻碍大军的罪名，对你加以惩治。"刘天孚大声驳斥："我是朝廷命官，担负守城重任，怎么能辜负皇恩去归顺叛军？我宁愿跳入黄河，以死报国！"说完，他径直向黄河走去。

来到黄河边，此时河面已经结冰。刘天孚用刀把冰面凿开，将衣帽脱下放在河边，向着北方国都的方向，用蒙古语说道："愿我大元朝消灭叛贼，逢凶化吉，国泰民安。"然后，他跪在地上拜了两拜，毅然跳入黄河水中。

叛乱平定后，朝廷将刘天孚安葬在他的家乡，并赐给他"忠毅"的称号。

——出自《元史·刘天孚传》

70. 海瑞备棺上书

明代嘉靖年间，一天，户部云南司主事海瑞的家中忽然出现了一口棺材。

海瑞的妻子很生气："这是谁抬来的，太晦气了！"海瑞从屋里走出来说："我让抬的。"妻子很疑惑："好端端的，放家里一口棺材干吗？"海瑞说："别管了，过几天你就知道了。"

这时，门外传来一阵嘈杂声，海瑞急忙赶到门外，只见下属们都跪在门外。其中一位说："大人，朝中的大臣都没有敢劝谏的，您只是一个六品官员，就别冒险了。还望大人三思啊！"海瑞坚决地说："身为朝廷命官，理应为国解忧，匡扶社稷，哪能只考虑自身安危？我若有不测，还望诸位代我照看家人。"

妻子明白过来：夫君要上书劝谏皇帝！原来，当朝皇帝沉迷巫术，常年不理朝政，朝中已经无人敢说真话。几天后，海瑞的奏书被送到京城。皇帝看完，龙颜大怒，一把将奏书扔到地上，大骂："简直太狂妄了！快把这人抓起来，不要让他跑了！"宦官黄锦劝说："皇上请息怒。此人叫海瑞，他在上书之前，就给自己买了一口棺材，应该不会逃跑的。"

皇帝沉默了好久，又反复读了几遍奏书，叹息地说："真是当世的比干呀！"

——出自《明史·海瑞传》

71. 史可法死守扬州

清代顺治二年（1645 年），豫亲王多铎率军南下，剿灭明朝残余势力。到了扬州，遭遇大明督师史可法的顽强抵抗。

史可法知道清军势力强大，难以长久抵抗，便召集诸将说："我发誓与扬州城共存亡。如果城破，我不愿落入敌人之手，希望到时有人能成全我的大义！我死后，就把我葬在梅花岭上。"副将史德威含泪答应了他。

四月二十五日，清军兵临城下，用红夷大炮攻城。没多久，扬

州城西北角被攻破，清兵蜂拥而至。史可法见大势已去，就要拔刀自刎，被众将拦住。他大叫："德威在哪里？"史德威痛哭流涕，怎么都下不了手！

史可法被部下簇拥着下了城楼，正遇上清兵攻进城来，双方展开激战。清军人多势众，明军招架不住，将领大都阵亡，史可法也被抓了起来。

多铎知道史可法名望极高，就打算劝降他："先生如果归顺我朝，不但能保全性命，还会有享不尽的荣华富贵。"史可法怒目圆睁，严词拒绝："我生是大明臣，死是大明鬼，怎能向你们这帮蛮夷投降！别做梦了！"说完，吐了多铎一脸口水。多铎恼羞成怒，当即下令杀害了史可法。

史可法英勇殉国后，遗体不知下落。史德威就把他生前穿过的衣帽，埋葬在扬州城外的梅花岭上。后人为纪念史可法，修建了"忠烈祠"。

——出自《梅花岭记》

72. 郑成功光复台湾

明代末年，荷兰殖民者入侵台湾，实行残酷的殖民统治。当时，郑成功率军驻扎在福建，每每想到台湾人民生活在水深火热之中，他就寝食难安，并痛下决心，收复宝岛台湾。

经过缜密地计划，郑成功决定攻打荷兰殖民者。战前，大将吴豪出来劝阻说："荷兰人防守严密，加上台湾岛周围水浅，大船难以进入，恐怕不易攻打！"郑成功笑了笑说："不用担心，我自有妙计！"

原来，郑成功经多方打探得知：荷兰人在赤嵌、王城防守严密，

却对鹿耳门防备疏松。因此决定趁海水涨潮之际，从鹿耳门登岛。

1661 年 4 月 1 日，郑成功率领两万五千名将士，乘坐三百余艘战船，利用海水涨潮的时机，横渡台湾海峡，驶进鹿耳门，逼近台湾岛。

荷兰侵略军发现，郑成功的军队犹如"神兵天降"，忙调派最大的战舰"赫克托"号，张牙舞爪地前来阻止。郑成功沉着应战，指挥战船把"赫克托"号围住，下令一齐发炮，"赫克托"号中弹起火，渐渐沉入海底。其他几艘荷兰舰船一看形势不妙，吓得掉头就逃。

这次战斗，荷兰人大败，龟缩在王城不敢出来。总督揆一派使者求和："只要大军停止进攻，我们情愿与您共同治理台湾。"

郑成功义正词严地拒绝说："台湾自古以来就是中国的领土，我们一定要收回。如果你们赖着不走，就把你们全部消灭！"荷兰侵略者走投无路，只得乖乖投降。

经过艰苦的努力，台湾终于回到祖国的怀抱，郑成功也成为我国历史上杰出的民族英雄。

——出自《海上见闻录》

73. 大明典史阎应元

清朝入关后，在全国下达"剃发令"。江阴人民得知后，誓死不从，起兵反清。清朝派大将博洛率兵镇压。

当时，带兵守卫江阴城的是典史阎应元。虽然他只是个掌管治安的九品小官，却赤胆忠心，带领不足七万江阴军民，拼死抵抗，多次打退二十四万清军的进攻。每一次攻守交战都异常惨烈，清军甚至损失了"三王十八将"。

强攻不成，博洛便派江阴降将刘良佐到城下，苦劝阎应元投降。

阎应元厉声训斥刘良佐："我是大明典史，深知民族大义，绝不会叛国投敌。你身为大将，不思保家卫国，反倒卖主求荣，有何面目见我江东义士？"

刘良佐见劝不动阎应元，就把劝降信射进江阴城中。阎应元大怒，骂道："只有投降的将军，没有投降的典史！"随后，在劝降信背面写上"愿受炮打，宁死不降"八个字，射还给刘良佐。

博洛恼羞成怒，调来二百门红夷大炮，猛烈轰城。江阴城终于被攻破了。

阎应元见清军入城，留下绝命诗，带领上百名壮士，与清军展开巷战。八场恶战后，他后背中了三支箭，自感身体难以支撑，便对随从说："替我谢谢百姓。我为国尽忠，只能到此了。"说完，便跳入湖中，却被赶来的刘良佐救起。

清兵将他押到博洛面前，阎应元始终直立不跪，骂不绝口。一名士兵用长矛刺穿他的膝盖，鲜血直流，阎应元仍不屈服，大喊："事已至此，只求一死。快杀了我！"随后壮烈牺牲。

——出自《江阴城守纪》

74. 林则徐虎门销烟

清代末年，英国向中国大量倾销鸦片。林则徐作为钦差大臣，前往广州办理禁烟事宜。一个月后，鸦片全部被收缴，运往虎门。

销烟当天，林则徐贴出销烟布告。广州城人人奔走相告，虎门滩头人山人海，水泄不通。林则徐慷慨激昂地对众人说："鸦片祸国殃民，戕害国人身体，导致国力衰微，军队战斗力低下。我奉命前来禁烟，鸦片一日未绝，本钦差一日不回。"

这时，英国大使上前交涉："林大人，我代表大英帝国，向你提出严正抗议！禁烟将损害英中两国友好，如果你一意孤行，我大英

帝国的军舰，正停泊在珠江口，哼哼！"

听到这话，林则徐拍案而起，厉声怒斥："大胆蛮夷！竟敢在我中国领土上耀武扬威！销烟禁烟是我国内政，哪容你们干涉！再敢嚣张，我中华同胞，定让你们有来无回！"英国大使听完，气得脸色铁青，赶忙离开。

林则徐命人将鸦片放入销烟池，黑色的鸦片在池子里翻来滚去，一团团白色烟雾不断往上蒸腾，弥漫了整个虎门海滩。

在场的外国人看到这场面，都非常震惊。林则徐大声宣布："从此之后，我大清国土不准买卖鸦片。谁敢违反，一定严惩不贷！"现场民众欢呼雀跃，雷鸣般的掌声经久不息。

经过二十多天的奋战，鸦片全部被销毁。林则徐的这一壮举，极大地增强了民众的爱国意识，维护了中华民族的尊严和利益。

——出自《清史稿·林则徐传》

75. 镇南关大捷

　　1885 年 2 月，法国军队占领越南后，乘势侵占我国广西门户镇南关。两广总督张之洞奏请朝廷，起用年近七旬的老将冯子材，率军抗法。

　　冯子材临危受命，毅然担负起保卫祖国西南边疆的重任。看着被烧成一片废墟的镇南关，冯子材忍不住怒火中烧，痛心不已。他召集将士，悲愤地说："如果再让法军打入关内，我们有何面目见家乡父老？一定要拼死守住镇南关！"将士们情绪振奋，纷纷高呼"保家卫国"。

　　第二天清晨，法军趁着大雾弥漫，在

猛烈的炮火掩护下，兵分三路，发动猛攻。面对气势汹汹的敌军，冯子材传令部队："谁敢后退，不论将军还是士兵，格杀勿论！"战斗非常激烈，每一块阵地，双方都你争我夺，丝毫不让。战斗打到中午，难分胜负。这时，冯子材预先埋伏的两路奇兵，从两侧绕到法军后面，夺回了被占领的炮台，并将炮口对准了法军，吓得法军纷纷逃命。冯子材见状，大吼一声，率先带领两个儿子冲向敌人。在他的激励下，清军将士无比振奋，一齐出击。法军前后受敌，死伤惨重，狼狈逃窜。冯子材率军乘胜追击，把法军赶出了中国边境。

此次战役被称为"镇南关大捷"。冯子材身先士卒，带领将士奋勇杀敌，沉重打击了法国侵略军的嚣张气焰。

——出自《清史稿·冯子材传》

76. 甲午忠魂

1894 年 9 月 17 日，日本舰队突然袭击中国战舰，中日黄海大战爆发。

邓世昌是北洋舰队"致远"号的舰长。战斗中，他指挥"致远"号勇猛冲杀，前后火炮一齐发射，连续击中日舰。当时，担任指挥的旗舰"定远"号被击伤，帅旗也被击落。邓世昌见状，立即在自己的舰上升起旗帜，吸引敌舰。

战斗异常激烈，北洋舰队损失惨重，"超勇""扬威"等舰相继被击沉。"致远"号也遭到日舰的重创，炮弹打光了，舰身也起火，

并开始倾斜。邓世昌感觉最后的时刻到了，就鼓励全舰官兵说："我们从军报国，早把生死置之度外。今天就是死，也要打出中国海军的威风！"随后，他下令"致远"号开足马力，全速撞向日本主力战舰"吉野"号。

"吉野"号官兵吓得大惊失色，立刻调转舰头逃跑，边跑边联合其他日舰，集中火力攻击"致远"号。不幸的是，"致远"号被一枚鱼雷击中，发生爆炸，最终沉没。

邓世昌坠海后，其他舰船的官兵要把他救上来。邓世昌拒绝说："我立志杀敌报国，死而无憾！"说完，抛掉身上的救生圈，沉入大海，与全舰二百五十余名官兵，一同壮烈殉国。

——出自《清史稿·邓世昌传》

77. 陈化成血战炮台

鸦片战争爆发后，英国侵略者集结上百艘战船，全力进攻吴淞口。当时，六十七岁的陈化成担任江南提督，率部坚守吴淞口西炮台。

面对来势汹汹的敌军，有将领担心地说："敌人船坚炮利，恐怕难以抵挡，不如议和。"陈化成断然拒绝道："我从军四十年，在枪林弹雨中出生入死，从没怕过。今日见到敌人却不出击，就是畏敌！我誓与阵地共存亡，决不后退！"然后命人整理军械，修筑工事，准备迎头痛击敌军。

战斗打响后，陈化成一直站在帐外，挥舞军旗，指挥开炮。双方炮战十分激烈，清军虽有伤亡，却击毁三艘敌舰。英军将领非常恼怒，下令全力向西炮台阵地轰击。

敌人的火力极其凶猛，清军伤亡惨重。陈化成带领仅存的数十名士兵浴血奋战，他悲壮地说："自古军人以战死沙场为最高荣誉，今日我们杀敌报国，死也甘心！"说完，亲自点火开炮，连开数十门。大炮震伤了手，鲜血直流，但他仍不放弃。

突然，一颗炮弹击中了陈化成身边的大炮，他被掀翻在地，浑身是血，却仍手持军旗，大喊："不要怕，快开炮……开炮……"直到壮烈牺牲。

——出自《清史稿·陈化成传》

78. 谭嗣同快哉就义

1898 年 9 月，戊戌变法失败，清廷下令搜捕维新党人谭嗣同。

这时，友人劝谭嗣同前往日本使馆避难。谭嗣同断然拒绝："各国变法，都要流血牺牲才能成功；中国的变法流血，就从我谭嗣同开始吧！"当晚，谭嗣同被捕入狱。

清廷逼他认罪，谭嗣同厉声驳斥："我变法改革，挽救国家，有什么罪？"当得知清廷判自己死刑时，他仰天大笑，从地上捡起一块石头，在墙上用力写下："我自横刀向天笑，去留肝胆两昆仑！"

行刑当天，深秋的北京下起了小雨，菜市口刑场周围站满了围观的百姓。谭嗣同双手反绑，虽然被迫跪在地上，却昂首挺胸，面色从容。

临刑前，谭嗣同朝监斩官刚毅喊道："你过来，我有话对你说。"刚毅有些心虚，不敢同他说话，就背过身去。谭嗣同冲着刚毅的背影大声说："我自变法以来，早将生死置之度外。可恨的是，你们这帮奸贼，误国误民，大清的江山早晚要毁在你们手中！"

刚毅下令即刻行刑，围观的群众都安静下来，刽子手举起了钢刀。谭嗣同挺直胸膛，仰天怒吼："有心杀贼，无力回天，死得其所，快哉快哉！"

——出自《谭嗣同传》